서로에 관한 것은
우연히만
알았으면 좋겠어

서로에 관한 것은 우연히만 알았으면 좋겠어

김지수 지음

비에이블
B.able

차례

2. 가냘픈 한 올의 순간들

3. 나대로, 곁대로, 흐름대로

프롤로그

낯선 곳에서의 '적응'은 누구에게나 어려운 과제다. 그저 노력하면 될 거라는 순수한 마음으로 부딪히다 보면 상처받을 준비도 하지 못한 채 당황스러운 순간을 맞이할 때가 많다. 미국에 오기 전 내가 했던 가장 큰 고민은 친구 사귀기나 스몰토크에 관한 것들이었다. 새로운 만남을 꺼리는 성격에 다 큰 성인이 괜찮을까. 생판 남에게도 인사하는 이곳에서 잘 지낼 수 있을까.

남과 컵 쓰기를 싫어하는 오염 강박, 타인의 한마디에 밤새 곱씹는 불안, 수시로 SNS를 탈퇴하는 사회성 결핍, 내 식대로 해야만 직성이 풀리는 통제광…. 이런 섬세하고 예민한 성향으로는 누구와도 어울릴 수 없을 것 같았다. 더구나 낯선 환경에서라면 더 말할 필요도 없다. 지

극히 개인적인 경험에 비추어볼 때 우리가 사는 곳은 썩 친절한 도시가 아니다. 모든 관계의 양상이 모자라거나 넘쳐흐르기 일쑤였다. 급기야 삶이 피곤해진 나는 관계 맺기가 싫어졌다. 뾰족해진 신경으로 마음 지키기에만 급급해 손 내밀기를 주저한 것이다. 그러다 가끔, 쉰 번에 한 번꼴로 화음이 맞는 사람을 만났다. 그러면 이 멀고도 넓은 땅에서 서로를 알아봤음에 감복해 떠나가라 노래를 불렀다.

그랬다. 새침데기의 이면에 나는 언제나 사랑을 하고자 했다. 표현이 서툴러 달리 새어나간 말들과 사랑해서 지키고 싶었던 거리를 근거로. 지금도 크게 달라진 것은 없다. 나는 여전히 촘촘하게 선을 긋고, 넘어오는 모든 것을 불편해한다. 하지만 우리 사이엔 건강한 거리가 있고, 말하지 않아도 통하는 관계가 있다. 그런 마음으로 오늘을 살아간다. 익숙지 않은 세상 속에 조우하는 기쁨과 슬픔을 꼭 끌어안고서.

1.

1/100
데니아로 살아가기

오해를 안고 살아요

오해 하나.

친구들은 자꾸만 내가 피곤했으면 한다. 나의 오랜 불면을 걱정한 이들의 고운 마음이다. 친구들은 자신이 모는 차 조수석이나 함께 공부하는 도서관에서도 자꾸만 나더러 눈을 붙이라고 한다. 그러면 나는 남의 집에 가서 저녁으로 콩밥을 마주한 편식주의자 같은 마음이 된다. 한마디로 감사한데 곤란하다는 소리다. 이런 경우 아무 데서나 잘 수 없다는 사실을 어떻게 하면 덜 공주병처럼 말할 수 있을까.

셋이서 갔던 라스베이거스를 떠올린다. 오전 8시 반에 만나 끼니를 해결하고 또 길을 잃고 공항에 도착하기까지 4시간, 무거운 백팩을 주렁주렁 멘 채 수속을 마치고 기다리기를 1시간. 전날 나의 수면 시간은 고작 5시간에 불과했다. 그나마 오랜만에 좀 잤다 싶은 것이 그 정도였다. 태생적으로 잠이 많은 사람이 만성불면증 환자로 살아간다는 것은 슬픈 일이다. 5시간만 자도 쌩쌩해지는 친구와 달리 나는 8시간을 자야 충전이 되기 때문이다.

차에서 계속 하품을 하는 내게 친구들이 그랬다.

"지수 체력에 우리 같은 에너자이저들이랑 다니면 오늘 밤엔 푹 잘 수 있겠다. 이제 불면은 없는 거야…!"

라스베이거스로 향하는 4시간 동안 친구들은 정신없

이 잤다. 나는 그냥 멀뚱멀뚱 앉아 있었다. 비행기란 게 원체 좁고 흔들려서 잘 수가 없었다. 그래서 그냥 앉아 있었다. 그것도 뜬눈으로 4시간을. 차로 인해 우리의 여행은 2시간을 다시 살며 시작했다. 그럼에도 불구하고 도착지를 기준으로 오후 5시에 출발한 나는 오후 7시만큼 피곤했다. 대낮부터 술이나 술이 아닌 것에 취한 사람들로 가득한 '씬 시티'.

"집중해, 집중! 저 사람들하고 눈 마주치지 마!"

무엇에도 연루되고 싶지 않은 선량한 여행자 셋은 팔짱을 꼭 낀 채 긴장 속을 걷고 있었다. 여행 초보들끼리 다니자니 우버 예약부터 호텔 체크인까지 뜻대로 안 되는 일이 많았다. 자기와 다니면 불면은 없을 거라던 에너자이저 1호는 호텔에 들어오자마자 화장도 지우지 않고 기절했다. 늦게 자는 편이라던 에너자이저 2호한테선 쌔근거리는 소리마저 났다.

나는 침대에 누워 본격적으로 모든 것을 거슬려 하기 시작했다. 호텔 샴푸는 거품이 나지 않아 찝찝하고, 이불은 촉감이 까끌까끌하다. 밖에서는 쿵쿵대는 파티 음악과 사이렌 소리가 이어진다. 비행기에서 부은 다리와 손가락이 땅땅하다. 누가 내 머리라도 한 대 쳐서 기절시켜줬으면 좋겠다. 전혀 잘 수 없을 것 같다는 오랜 경험에 기반한 어떤 느낌이 강하게 일어났다. 반대로 친구들은 조명을 켜놔도 잘만 잔다.

나는 워드프로세서를 열고 이렇게 적었다.

'아…! 얄미워…!'

오해 둘.

유명한 관광지를 지나치며 친구들이 물었다.

"지수야, 피곤해?"

호텔에 돌아와 함께 찍은 여행 사진을 훑는데 친구들이 웃었다.

"지수야, 왜 이렇게 맨날 같은 포즈로만 찍어…."

그러면 나는 억울해진다.

"나 안 피곤한데… 오늘 살면서 드물게 재밌었는데…. 저거 엄청 신난 표정인데…."

그리고 이런 나의 평정은 자주 뚝뚝함으로 오해받는다.

인간의 문제란 끝이 없고 각각의 근원은 넓다. 그래서 나에게는 모든 깊이 생각하지 않기로 한 유난스러움이 있었다. 그러다 언젠가 TV에서 아이유가 하는 말을 들었다.

"저는 평정심을 유지하는 것에 집착해요. 제가 들떴다는 생각이 들면 기분이 안 좋아요."

그 이후로 나는 나와 똑같은 사람이 1명 더 있으니까 도대체 왜 이럴까 하는 생각을 멈추기로 했다. 가끔 사는 오해에 해명이라도 할 때면 그녀가 아주 유명하다는 점을 들어 이야기했다.

"그… TV에서 보니 아이유도 그렇다는데요…. 아무래도 그냥 그런 사람들이 있나 봐요."

감정의 동요와 그 변화를 들키는 일. 어느 게 더 싫은지는 모르겠지만 확실한 건 둘 다 싫다. 그럴 때면 옛날처럼 얼굴이 화끈거린다. 옛날이란 엄마가 집에서 공부방을 운영하던 아홉 살 때다. 여자애들 몇 명으로 시작했던 수업에 몇 주 후엔가 남자애들이 동참한다고 했다.

그리고 눈 떠보니 걔들이 엄마와 상담차 집에 와 있었다. 나는 학교에서 나를 놀려대던 애가 우리 집 거실에 앉아 있다는 사실이 못내 흥분되었다.

나는 수업을 들으러 속속 도착하는 친구들에게 달려가 큰 소리로 말했다.

"얘들아! 황소대가리도 이제 우리 수업 듣는대!"

그랬더니 엄마가 다른 엄마들 들으란 듯이 창피해했다.

"어머, 못 살아! 남자애들 수업 듣는데 왜 네가 더 난리니."

다른 엄마들이 웃었다. 깔깔. 엄마가 나를 창피해한다. 다시는 그러지 말아야지.

오해 셋.

하지만 있는 힘껏 기뻐하는 것이 함께 있는 사람을 위하는 길이며, 행복을 숨기지 못하는 사람이 얼마나 사랑스럽냐는 것이 누구의 의견이었다. 그러나 여기엔 커다란 오해가 있다. 있는 힘껏 기뻐하는 사람 옆에서 그 마음을 숨기지 못하는 누군가를 내가 사랑스레 여길 거라는 오해. 아니, 그와 내가 닮았을 거라는 오해. 하지만 사실 나는… 그런 사람들 옆에서 좀… 창피해진다….

당시 나를 창피해했던 엄마를 탓할 수 없는 이유가 바로 여기에 있다. 나는 같이 TV를 보다가 저게 뭐냐며 크게 웃어버리는 남편이 조금 창피하고, 마음에 드는 사진이 나올 때까지 포즈를 바꾸는 친구들이 조금 부끄럽다. 그러나 그들은 잘못이 없고 나의 민망함엔 당위가 없다. 그저 조마조마한 마음이 되는 것이다. 그럴 땐 명치가 간질간질하고 귀가 뜨거워진다. 타인의 기쁨을 창피해하는 내가 꼬여도 너무 꼬였다는 생각이 든다. 내가 배배 꼬인 인간이라는 사실이 창피하다. 어디 가서 절대 티 내지 말아야겠다. 티 내지 말아야 할 절제의 목록들이 늘어만 간다.

커피 중독자의 미세한 행복

커피가 없다. 아침에 세수하자마자 찬장을 열었는데 커피 캡슐이 하나도 없다. 도무지 믿을 수 없어서 찬장 문을 서너 번 여닫았다. 마지막 캡슐이 있어야 할 박스에 아무것도 없다. 분명히 토요일까지만 해도 하나가 남아 있었다. 그게 아니더라도 아마존에서 커피를 주문한 것이 지난 화요일이니 월요일인 오늘은 커피가 있어야 했다. 커피 담당은 남편이다. 그는 잘만 쓰던 멀쩡한 커피머신을 놔두고 돌체구스토를 사고 싶다고 했다. 나는 소유에 따르는 모든 책임을 넘겨주었다. 일반 원두커피는 마트에서도 살 수 있지만 돌체구스토는 온라인 주문만 가능했기 때문이다.

나는 침착하게 전화를 걸었다.

"커피가 없어."

"아마존에서 시킨 게 도착은 했어. 이사 온 집에 로커 신청을 안 해서 행방을 모르는 것 같아. 이번 주 오피스에 한번 물어보자."

"아니… 원래 토요일에 하나 남아 있었는데 지금은 없어."

"그거 내가 아침에 마셨는데."

"왜…?"

"왜…?!"

"자기는 출근길에 테이크아웃해도 되잖아. 나는 집에서 일하는데…."

"아 그래, 미안해. 바쁘니까 일단 끊자. 아마존은 이따 해결하고."

하나 남은 커피를 홀라당 마셔버린 주제에 나의 힐난이 치사하다고 여기는 눈치라 일단 전화를 끊었다. 그런데 그럼 나는 어떡하지. 이건 너무 큰 문제다. 모닝커피를 거른 것은 근 10년간 한두 번도 없었기 때문이다. 빈속에 인문관 1층 자판기에서 레쓰비부터 때려 넣고 하루를 시작하던 대학생 때부터, 테이크아웃 카페에서 매일 쿠폰을 모으던 직장인이 커피머신을 마련하기까지. 처음 미국으로 건너와 살림살이를 새로 살 적에도 없는 돈에 가장 먼저 집어 든 것은 커피머신이었다. 돈이 없으면 벌면 되는데 커피를 안 마시면 아무런 노동도 할 수 없다. 아니, 커피가 없는 재난 상황을 해결하려면 머리가 돌아가야 하는데 일단 커피를 들이켜지 않으면 머리가 제 기능을 못 한다. 한마디로 뫼비우스 띠 같은 전개 상황이 벌어진다. 이처럼 손이 떨리기 시작한 것은 금단현상인가, 아니면 루틴이 깨져버린 데서 오는 불안인가.

손발을 떨며 넋을 놓고 있다가 다시 전화를 걸었다.

"어, 또 왜?"

"그, 있잖아. …커피가 없어."

영문 모를 전화였을 텐데도 그는 침착하게 받았다. 이런 순간에 우리의 상호보완은 빛을 발한다. 나는 열 가지 대책을 세우지만 돌발상황에 속수무책이고, 그는 계획을 안 세우는 대신 돌발상황에 침착한 편이니까.

"있지, 집 앞에 5분만 가면 주유소가 있어. 거기서 하나 사 와. 길 모르겠으면 내가 지금 주소 보내줄게. 구글맵에 그대로 찍고 가면 돼."

구글맵에 찍어본 주유소는 너무나 멀었다. 남은 나를 몰라도 나는 나를 알았다. 흔들리는 손발과 나사 빠진 정신머리로 운전대를 잡고 갔다가는 분명 브레이크를 밟아야 할 때 액셀을 밟고 말 것이다. 차라리 걸으라면 걷겠는데 이 동네에서 걸어 갈 만한 곳이라고는 집 앞 쓰레기 수거함이 전부다. 우편물을 가지러 갈래도 이 동네는 집을 나서는 순간부터 걸어 다니는 길이란 존재하지 않는다.

아, 온몸에 힘이 하나도 안 들어간다. 심장만 점점 빨리 뛸 뿐. 나는 여기서 이렇게 죽게 되나.

"여보세요…. 나 못 가겠어, 주유소…."

아, 나는 정말 짜증 나는 파트너다. 여기서 이렇게 죽어도 싸다. 그래도 커피는 꼭 마시고 죽었으면 좋겠다.

결국 잘 다녀올 수 있다는 응원만 받고 그대로 주저앉아 있었다. 이미 9시에는 일을 시작했어야 하는데 1시간이나 그냥 버린 셈이다. 오늘 하루는 망한 것 같다. 아니, 월요일 아침부터 완전히 한 주를 망친 기분이다. 하지만 아무리 망했어도 우선순위의 일들이 떠오르자 책임감이라는 것이 가슴속에 번뜩였다. 정신머리가 없거든 뭐라도 의지해야 한다. 꿈인지 생시인지 모를 뻑뻑한 눈을 부릅뜨고 집안의 모든 찬장과 팬트리를 열어젖혔다. 닥치는 대로 물건을 뒤졌다.

'예전에 먹던 원두가루가 어디 있을 텐데…. 아, 그건 커피캡슐로 바꾸면서 친구 줬지….' 결국 나는 팬트리에 정리된 온갖 참치캔과 라면봉지를 헤집고, 남편밖에 먹는 사람이 없는 미숫가루와 밀크티를 꺼낸 뒤에야 믹스 커피를 찾았다.

'맥심 모카골드…!'

공복에 마시기엔 너무 달고 텁텁해서 절대 안 사 먹던 그게, 이사 나가는 지인에게 몇 개 받아 챙겨놓은 그게, 아직 여기 있었다. 살았다. 설탕과 프림이 문제냐. 시장이 반찬인데. 전기포트나 주전자가 없는 것은 문제가 되지 않았다. 컵에 생수를 담아 전자레인지에 돌렸다. "앗, 뜨거" 하면서 2봉지를 탔다. 크게 한 모금을 후루룩 마시고 심호흡했다. 변신하는 세일러문이 된 기분이다. 아니, 얼음의 여왕 엘사가 된 것만 같다. 눈이 번쩍 뜨인다. 나는 이제 무엇이든 할 수 있다.

그리고 무엇이든 할 수 있는 에너지로 남편에게 네 번째 전화를 걸었다.

"잘 해결했어. 일하는데 자꾸 전화해서 미안해."

한 번에 하나씩

저녁 8시. 남편이 현관문을 요란하게 열며 소리친다.

"동무, 잘 있었디?"

그가 저렇게 인사하는 이유는 요즘 〈사랑의 불시착〉을 보고 있기 때문이다. '미스터 션샤인'을 볼 적에는 "내가 돌아왔소! 유진 초이요!" 하며 퇴근했고, 이날치의 음악에 꽂혀 있을 때는 “범 내려온다! 이리히히히!” 하며 들어왔다. 그의 소란에 익숙해진 나는 하던 일을 멈추지 않고 그저 건조한 인사를 건넬 따름이다. 이럴 줄 알고 어떻게든 8시 전에 일을 끝내려 했으나 아직 한 문단 정도 남아 있어 신경이 예민하다. 마지막 일을 제출해야만 행복하게 식사할 수 있다. 그러거나 말거나 남편은 홀로 공연 중이다.

“이야, 냄비에 뭐가 있네. 이거느으은 끓이면 되는 건가아.”

노래를 하다가,

“요요, 내 이름은 성실맨. 나는 지금 퇴근맨. 비트박스, 비트박스!”

랩을 하다가,

“나는 중대장 리정혁이오.”

연기를 한다. 그의 모든 소리가 문장을 파고들어 나의 페이퍼는 영어도 한국어도 아닌 이상한 무엇이 되어버린다.

The research addresses… "지수야, 반찬 꺼낼까?"

It has been assessed… "지수야, 저녁 지금 안 먹으면 나 발부터 씻고 올까?"

The result shows… "지수야, 빨래 지금 돌릴까?"

그의 소리는 어디고 언제나 있다. 산만해진 주의에 노트북을 덮고 일어난다. 손으로는 반찬을 꺼내면서 내일의 일정을 생각한다. 내일은 이미 내일의 할 일로 가득 차 있는데 그사이 어딘가 쓰다 만 페이퍼를 끼워야 한다. 제출 기한은 내일 저녁까지니 오전에 얼른 쓰면 되지 않을까.

페이퍼를 생각하고 있는데 갓김치가 끼어든다.

"너는 어릴 때부터 갓김치 자주 먹었어? 나는 별로 먹어본 적 없는데, 있잖아…."

"나, 그냥 뭐… 종종…."

'갓김치가 거의 떨어졌네. 다음에 한 통 더 사 올까. 아니면 다른 김치를 좀 사볼까. 저번에 샀던 파김치도 맛있었는데. 그래도 한 통은 혼자 먹기 너무 많던데. 그나

저나 외할머니는 언제 갓김치를 그만 담그게 되었을까.'

갓김치를 생각하고 있는데 〈사랑의 불시착〉이 끼어든다.

"우리 오늘 몇 화 볼 차례지? 우리 어디까지 봤는지 기억나? 근데 그건 미국에서 왜 이렇게 인기가 많은 거야? 주변에 그거 본다는 미국인들 되게 많더라?"

한 번의 발화에 질문은 2개다. 오늘 몇 화 볼 차례인지를 먼저 대답해야 할지, 왜 미국에서 인기 있는 지를 먼저 대답해야 할지 헷갈린다. 그런데 내 대답도 기다리지 않고 오늘의 소회가 끼어든다.

"오늘 일하는데 되게 덥더라. 집은 안 더웠어? 아유, 거의 여름이야 여름. 옛날에 나 계곡에서 떠내려갈 뻔한 얘기 했었나? 그때 그래가지고 우리 아빠가 교회 아저씨랑…."

떠내려갈 뻔한 이야기만 오늘부로 한 백 번쯤 이어질 뿐이다. 어떤 질문에 대답을 해야 할지 헷갈리다가 나는 먼젓번 질문으로 돌아가 고민하기 시작한다.

질문받은 순서대로 대답을 하자,

"근데 혹시 기분 안 좋아?"

앗, 또 다른 질문.

"기분? 괜찮은데?"

"아니, 아까부터 말이 없길래."

"생각 중이었어."

"왜 혼자 생각만 해?"

"아니, 생각을 해야 대답을 하지."

"무슨 대답?"

"자기가 물어본 질문에 대한 대답."

"내가 뭘 물어봤는데?"

나는 그가 뭘 물어봤는지를 가늠하느라 1시간 동안 일어난 대화를 거꾸로 재생한다. 뭘 물었냐는 질문이 있었고, 덥지는 않았냐고 물었다. 드라마가 왜 인기 있는지, 갓김치를 자주 먹었는지, 저녁을 먹을 건지 말지….

"아니, 왜 말을 안 하냐고."

"지금 생각 중이잖아."

"무슨 생각?"

질문이 꼬리에 꼬리를 물어 밥이 어디로 넘어가는지 모르겠던 차에 남편이 말을 얹는다. 이 소리의 바다에서 나는 그만 파도에 집어삼켜진다. 내 안의 소리와 남편의 소리가 한데 섞여 세상이 다 아찔하다. 정신을 차릴 틈도 없이 엎어 치고 메쳐진다. 머리는 빙글빙글 돌고 속은 뱃멀미처럼 울렁거린다. 그리고 해일 같은 커다란 한 방이 온다.

"무슨 생각 하냐니까?"

더 이상 참을 수 없다.

"아, 그만 좀 물어봐! 물어봤으면 대답을 기다려야지. 사람이 대답도 안 했는데 혼자 이 얘기 저 얘기 하고."

"내가 뭘 물어봤는데? 그냥 같이 얘기하는 거지."

"말할 틈을 줘야 얘기를 하지."

"아니, 적당히 왔다 갔다 하는 거지."

"그리고 하나가 끝나면 다른 얘기 좀 해. 정신 사나워 죽겠어!"

우리는 잠시 말을 멈춘다. 나는 타이레놀을 하나 삼키고 심호흡한다.

"있잖아."

"응."

"전부 글로 써서 주면 안 돼? 그럼 내가 내일 읽어보고 답변 달아줄게."

일상을 방해하는 자극들

나를 키운 것은 8할이 불안이었다. 신경정신과에서 불안도 일정 부분 유전일 수 있다는 말을 듣고부터는 더 이상 불안할까 봐 불안해하지 않게 되었다. 불안이 디폴트값인 사람의 마음속에는 언제나 강이 흐른다. 그리고 거기에는 허구한 날 비가 내린다. 처연하고 슬픈 비가 아니라 세차고 무서운 비다. 물은 수시로 불어 세간살이가 다 떠내려가고 기껏 간직한 마음은 와장창 부서지기 일쑤다. 천둥 번개까지 치는 날이면 가슴이 두근거려 잠을 잘 수가 없다. 그곳에 비를 내리는 것은 누군가 무심코 던진 말이기도 하고, 아직 일어나지 않은 일이기도 하며, 이미 손에 쥔 행복이기도 하고, 삐뚤게 놓인 물건이나 오래 남는 영화이기도 하다. 나는 많은 시간을 매일같이 이런 마음을 다스리는 데 허비해왔다. '비를 그치게 할 수 없다면 강둑이라도 튼튼히 버텨다오!'

그런 의미에서 오늘도 방 한쪽에 요가 매트를 폈다. 아무것도 하지 않은 채 눈만 감는 명상보다는 적당히 움직이며 몸의 변화를 느끼는 쪽이 더 잘 맞았다. 이렇게 유튜브를 통해 무료로 수업을 들을 수 있다니 세상 참 좋아졌다면서.

화면 속의 선생님을 만나러 옆에 있는 아이패드를 펼쳤다. 어느새 요가 마스터가 되어 있는 것은 아닐까 하는 헛물도 켰다. 그런데 거실에는 물건이 많아 요가를 할 자리가 없었다. 안방에서 게임을 하고 있는 남편에게 여기서 요가를 할 테니 이어폰을 이용해달라고 부탁했다. 그리고 플레이! 녹화된 선생님은 여느 때처럼 평화로운 모습이다.

“두 손을 가슴 앞에 합장하시고… 호흡합니다….”

선생님 목소리에 맞춰 요동치는 나의 강을 잠시 바라보았다. ‘아아, 이 골칫덩어리여. 오늘은 또 뭐가 너를 요동치게 하느뇨? 이 수련의 끝에는 모두 잠잠해져 있으리라!’

“정면을 바라보고 서서… (타타타탁) 손을 하늘로 뻗어줍니다… (타타타타탁).”

“그대로 다이빙하듯이… (타타탁) 상체를 숙입니다… (타타타탁).”

“상체의 무게를… (타타타타탁) 느껴봅니다… (타탁탁!).”

나는 상체로 쏠리는 무게를 느끼지 못했다. 고개를 들었을 때 진지한 얼굴로 게임 속 빌런을 때려잡고 있는 남편이 있었다. 요가 영상을 일시정지했다.

"남편아… 나 요가 하잖아."
"어? 그래서 이어폰 꼈는데?"
"나가…."

비로소 혼자가 된 방에서 상체를 숙인 채 멈춰 있는 선생님을 재생시켰다. '심호흡, 심호흡. 후. 하.'

"내 몸 왼쪽의 긴장을 느껴보세요… (벅벅벅)."
"시선은 오른손 너머 천장 바라봅니다… (벅벅벅벅)."
"그대로 발 바꿔… (벅벅) 오른손을 올립니다… (야옹)."

'야옹?' 시선을 왼쪽에 두라는 선생님의 가이드를 무시하고 오른쪽을 쳐다보았다. 침대 밑에서 자고 있던 고양이가 꼭 지금, 반드시 지금 나가야겠다며 문을 긁고 있다.

"슈가! 아까 아빠 나갈 때 따라 나갔어야지! 나 요가 하잖아!"

핀잔을 줘봤자 슈가는 신경질적으로 쳐다볼 뿐이다. 그것도 문을 열어줄 때까지. "어휴, 고양이가 상전이지." 나는 구시렁거리며 자세를 푼 다음 문을 연다.

이번엔 선생님 목소리에 맞춰 다운독 자세를 취하는데 매트 위치가 신경 쓰이기 시작한다. 왠지 삐뚤게 놓인 것 같다. 엉덩이는 높이 치켜들고 어깨는 납작하게 누른 채 열심히 눈을 굴린다. 매트 라인이 침대 옆면과 평행하지 않다. 그런데 침대와 평행하게 맞추면 이번엔 책상과 평행하지 않다. 그래서 다시 책상과 맞추면 이번엔 침대와….

내 안의 강박이 강물처럼 미친 듯이 불어난다. 어쩌면 매트가 아니라 침대나 책상이 처음부터 삐뚤어졌는지도 모른다. 그런 생각이 들자 마음에 번개가 친다. 번개를 멈추자고 시작한 수련이니까 나는 침착하려고 한다. '무시하자… 무시하자…. 신경이 쓰여 못 견디겠지만 수련

뒤엔 평화만 있을 것이야…!'

"숨을 내쉬며 두 발 매트 앞으로…."

'매트 앞에 있는 머리카락 줍고 싶다.'

"몸의 오른쪽이 길어집니다…."

'밖에서 뭘 하는데 사부작거리는 걸까?'

"다시 가운데로 돌아와 이번엔 왼쪽…."

'무시하자… 무시하자…. 내 몸에 집중하자….'

"두 손 가운데서 합장…."

'지잉지잉. 누가 카톡 보냈나? 아, 확인하고 싶다…!'

나와의 사투는 30분간 쉴 새 없이 지속되었다. 딱 30분만 신경을 누그러뜨리는 것이 이렇게나 힘들다니. 나는 자꾸만 불어 넘치려는 강물을 콩쥐 돕는 두꺼비의 심정으로 막았다. 수련은 불안과 걱정을 잠재우지 못하고 적당히 외면만 한 채로 끝이 났다. 하지만 그것이 나에겐 유일한 희망이다. 이제까지 멋대로 날뛰던 불안과 긴장도 사바아사나Savasana에는 도리가 없을 테니까. 사바아

사나는 우리말로 하면 송장 자세다. 호흡을 가다듬고 눈을 감은 채 모든 근육을 이완하며 자신을 느끼는 시간. 이 리듬에 몸을 5분쯤 맡겼다 일어나면 정신도 이완될 거라는 기대를 하고 있었다. 선생님의 나른한 목소리가 이어졌다.

"자, 이제 편안하게 누워 온몸의 근육을 이완합니다…. 눈을 감습니다… 사바아사나…."

"하아…."

세상이 어두워지자 비로소 평화의 문턱에 들어서는 듯했다. 들숨과 날숨에 걱정을 섞어 던져버렸다. 드디어 이렇게… 마음을 좀 쉬나…. 그때였다. 방문이 벌컥 열린 것이.

"지수야, 요가 끝났어?"

이렇게 요가 마스터의 꿈에서 한발 더 멀어지는구나. 눈물이 났다.

공멸의 시간

깨달은 것은 친구의 스물다섯 번째 생일파티에서였다. 서로는 잘 몰라도 아끼는 공동의 친구가 1명 있는 우리는 막 둘러앉아 피자를 먹고 게임을 하려던 참이었다. 나는 친구를 축하하기 위해 모르는 사람들과 대화해야 한다는 압박감도 견뎌가며 그곳에 갔다. 물론 해야 할 일을 몰아 해치우고 말이다.

내가 소파에 앉아 닥터페퍼를 마시고 있을 때였다. 엊그제 낸 과제 채점 알림 소리에 갑자기 분위기가 깨졌다. 살짝 주방으로 빠져나와 점수와 코멘트를 확인하는데 그 아래 못 보던 게시글이 보였다. 내가 놓쳐서는 안 됐을 게시글이었다. 있는지도 몰랐던 과제 마감일은 어제였다. 더 끔찍한 것은 그게 혼자 하는 과제가 아니라 디스커션 보드였다는 점. 내 의견을 1차 마감일까지 포스팅하면 2차 마감일 전까지 서로 자유롭게 답글을 달며 토론하는 식이다. 학생이 고작 여섯밖에 안 되는 수업에 사람들이 주고받은 답글만 20개가 넘어갔다.

먼저 가봐야겠다며 서둘러 나와 차에 앉았다. 믿을 수 없어서 다시 휴대폰을 들여다보았다. 마감일은 정확히 어제였다. 모두가 토론을 마무리하는 분위기였다. 발바닥에 땀이 나기 시작했다. 아마 여기까지가 건강한 반응일 것이다. 그러나 불안이라는 감정에 있어 과연 내가 건강하다고 할 수 있을까. 이런 사소한 어긋남이 나를 얼마나 세게 몰아붙이는지 잘 알고 있었다. 결과적으로 나는 두 배 불안해졌다. 과제 제출일을 놓쳐 불안했고, 그 불안감에 다시 불안을 느꼈다. 그리고 아니나 다를까, 한 5분쯤 지나자 그만 죽고 싶어졌다.

깜깜한 도로를 달리는데 눈물이 찔끔 났다. 에스프레소를 연거푸 마신 것처럼 심장박동이 빨라졌다. 마음을 다스리려고 애를 썼다. 점수 비중이 큰 과제도 아닌데 하루밖에 안 늦었으니 괜찮지 않을까. 지금이라도 올리면 다른 사람들이 답글을 달아주지 않을까. 솔직히 5점을 다 날린대도 A를 받지 못할 일은 없을 테니까. 그리고 사람이라면 충분히 할 수 있는 실수 아닌가. 과제를 깜빡한 일이 처음이라면 그것도 대단하지 않냔 말이다. 그러나 마음은 가라앉지 않았다. 그대로 핸들을 꺾어 들이받고 싶기만 했다. 그게 겨우 5점짜리 과제라는 명분도, 이제까지 잘해왔다는 사실도 중요하지 않았다. 나에게는 오직 내가 날짜를 까먹었다는 팩트만이 중요했다. 도저히 납득이 가지 않았다.

'내가? 내가? 내가 뭘 까먹는다고? 꼼꼼 대마왕인 내가?'

내가 쓰는 메모 프로그램에는 그날그날 할 일이 빼곡히 적혀 있었다. 개인 프로젝트와 학교 일정, 집안 일과가 적힌 표가 있고, 이 세 가지를 한눈에 볼 수 있는 통합 표가 하나 더 있다. 각각의 카테고리도 표시해놓았다. 개인 용무인지, 학교 일정인지, 커리어 관련인지. 이 모든 것에 필터가 설정되어 있어 매일 그날 할 일과 어제 못한 일이 뜬다. 각각의 할 일은 또다시 관련 페이지로 연동되어 같은 항목에서 곧장 자료를 찾아볼 수 있다. 이런 내가 숙제를 깜빡하다니 도저히 용서가 안 됐다.

집에 돌아와 남편에게 도움을 구했다.

"나, 뭔가 맵고 자극적인 거 하나만… 빨리…."

"생일파티 갔다 온 거 아니야? 거기서 밥 안 먹었어?"

"한국인한테 피자가 밥이 돼?!"

빵 쪼가리를 먹고 때우라니 새삼 서러워 노트북을 켰다. 과제가 아니라 일정표를 열었다. 문제를 파악해야 한다. 내가 설정을 잘못해서 과제가 안 보였나? 내가 날짜를 잘못 입력했나? 뻔히 있는데 못 보고 지나쳤나? 아니면 아예 적지 않았나? 그리고 이런 경우 항상 정답은 최악이다. 과제를 해야 한다고 적어둔 일조차 없었던 것이다. 난리를 치던 심장이 발끝에서 떨어진다. 매운 국수를 하나 휘뚜루마뚜루 말아치우고, 게임을 하는 남편을 찾아 방문을 열었다.

"나는 멍청이야. 내 인생은 가치가 없어."

"도대체 무슨 일이야?"

"나 생일파티 갔었는데… 숙제를 못 해서 도로 왔어…. 친구들은 다 게임하고 노는데…."

어쩐지 유치한 대답에 남편이 믿을 수 없는지 재차 물었다.

"친구 생일파티에 갔는데 숙제를 못 해서 그냥 왔다고…?"

"지금 다른 애들은 다 게임해…. 나만 왔어…."

"그랬구나, 어떡하니…."

나는 그날 밤 잠을 못 잤다. 제출이 늦어 죄송하다고 교수님께 이메일을 보낸 건 아무래도 오버였을까? 나를 어떻게 생각할까? 개강하자마자 이런 실수라니 나를 좋게 볼 리 없겠지? 부분 점수를 받게 될까? 어쩌지? 어떡하지? 내일 교수님께 회신이 오면? 무슨 말이 써 있을까? 반대로 회신이 안 오면 어떡하지? 회신은 왜 안 했을까? 회신할 가치도 없어서? 이런 애들이 학기마다 수두룩 빽빽이라서? 너무 한심해서?

다음 날 이상한 비현실감에 눈을 떴다. 그리고 예약되어 있던 필라테스 수업을 취소했다. 지금 취소하면 들을 수 있는 수업 횟수가 그대로 차감되지만 상관없었다. 현실로 돌아가기 무서운 마음에 12시 반까지 내리 잤다. 머리가 아플 지경이었지만 꿈에 집중하려고 노력했다. 밥도 안 먹었다.

나는 하루 일과를 체크하며 마음을 정돈하는 습관이 있다. 하지만 오늘만큼은 하지 않았다. 블라인드도 올리지 않고 화분도 확인하지 않은 채로. 몸무게 측정도 패스했다. 비타민도 안 먹었다. 이미 망쳐버린 시점에 다른 건 아무래도 상관없었다. 매일 굴러가고 있는 바퀴에 작은 톱니 하나가 빠진 것만으로도 나는 작동을 멈췄다. 살짝 어긋나버린 어제의 실수로 불완전해진다는 것이

두려웠다. 그렇게 다시 용기를 끌어모아 세수를 하기까지, 나는 아주 오랫동안 이불 밑에 숨어 있었다.

축복일까 재앙일까

재채기는 예고도 없이 온다. 꽃 피는 계절이면 어김없이 코가 간질거리다 재채기를 하고 마는 것이다.

"에에에이취!"

그 언젠가의 계절에 나는 미국 매장이었다. 대학원 입학 전에 여유가 돼서 잠깐 친척 일을 돕고 있었다. 전반적으로 건조한 날씨와 매장 먼지가 합쳐져 카를로스와 나는 하루에도 몇 번씩 재채기를 했다. 카를로스는 매사 이야기를 '우리나라' 혹은 '너희 나라'로 입을 떼는 사람이다. 그날도 그는 불쑥 "인 유어 컨트리…" 하며 말을 걸었다.

"너희 나라에서는 재채기할 때 'Bless you!(축복해)'라고 안 해?"

"안 해."

"종교적인 이유야? 재채기할 때 건네는 다른 말이 있어?"

"없어."

"없다고? 아무 말도 안 해?"

"안 해."

그는 잠시 생각하더니 말했다.

"그래서 내가 재채기할 때마다 네가 아무 말도 안 했구나. 우리나라에서는 'Bless you'라고 하지 않으면 예의가 없는 거야."

나는 속으로 생각했다.

'그동안 나를 예의 없다고 생각했군?"

이후로도 재채기를 할 때마다 카를로스는 열심히 나의 축복을 빌었다. 그리고 나는 그냥 멀뚱히 듣고만 있었다. 순전히 잊어버렸기 때문이다. 다른 건 금방 익숙해져도 남의 재채기에 "블레스 유!"를 외치는 것만큼은 자꾸 까먹었다. 그런데 여기 사람들, 축복에 너무나 진심이다.

"에취!"

계산하다가 나온 재채기 한 번에 계산을 하던 손님도 "블레스 유!", 옆에 있던 카를로스도 "블레스 유!", 줄 서 있던 손님들도 "블레스 유!", 막 문을 들어서던 사람도 "블레스 유!", 근처에 있던 알바생도 "블레스 유!". 그럼 나는 인사를 듣고 무시할 수 없으니 계산을 하던 손님에게 "땡큐!", 옆에 있던 카를로스에게도 "땡큐!", 줄 서 있던 손님들에게도 "땡큐!", 막 문을 들어서던 사람에게도 "땡큐!", 근처에 있던 알바생에게도 "땡큐!" 하고 있는 것이다. 이 축복의 파도타기에 나는 식은땀이 났다.

누구나 마음속에 선호와 불호의 목록이 있을 것이다. 나의 '불호 목록' 톱 3 중 하나는 큰 소리다. 귀를 통한 자극을 별로 안 좋아하기도 하고, 작은 소리에 크게 놀라는 편이기도 하다. 남편이 부르는 소리에 몇 번 주저앉은 이후로 우리 집에선 내 이름을 갑자기 부르는 것이 금지되어 있다. 할 말이 있으면 인기척을 내고 다가와야 한다. 그러니 사방에서 쏟아지는 우렁찬 "블레스 유!"를 듣고 있노라면 준비 없이 자이로드롭에 올라탄 기분이 된다.

견디기 힘든 또 하나는 예상치 못한 주목받기다. 예상치 못한 타이밍에 나를 향하는 얼굴들이 꼭 공포영화 같다. 아니, 환상이나 거짓말 같다. 공포영화에서 고개를 돌리는 오래된 인형 같고, 고장 난 에스컬레이터에 내디딘 발처럼 앞뒤가 맞지 않는다. 그런데 나의 재채기 한 번에 모든 매장 사람이 나를 쳐다본다. 물건을 고르다가도 계산하다가도, 들어오다가도 나가다가도 전부 다.

마지막 하나는 낯선 사람과 말하기다. 이 기회를 빌어 수줍음에 대한 오해를 바로잡고 싶다. 나는 낯선 이와 말하는 것이 수줍지 않다. 다만 불유쾌할 뿐이다. 나는 옷도 사던 데서만 사고, 핸드폰도 쓰던 아이폰만 쓴다. 사람도 아는 사람이 좋다. 익숙해져야 하는 이 모든 과정이 재미없다. 낯선 사람과 목적 없는 대화를 해야 한다면 더더욱 하고 싶지 않다. 길을 묻는 것도 아니요, 가격을 묻는 것도 아니다. "블레스 유!" 하면 "땡큐!" 하는 대화를 위해 왜 우리가 말을 섞어야 하나.

그렇게 축복의 파도가 지나갔다 싶어 마음을 놓는 순간이었다. 매장의 맨 뒤, 걸어서도 한참을 가야 하는 매장의 끝. 그러니까 각종 코너를 줄줄이 지나쳐야만 나오는 매장 맨 뒤에서 맨 앞 계산대에 있는 나에게 기차 화통을 삶아 먹은 데시벨의 "블레스 유!"가 도달한 것이다. 축복을 빌어준다기에는 화가 많이 난 사람 같았다. 다정하고 사사로운 "블레스 유!"가 아니라 축복을 빌어주고 말지니 사양할 생각일랑 하지도 말라는 투의 "블레스 유!"였다. "축복이 있기를!"보다는 "축복이! 있을! 거라고! 했잖아!"에 가까웠다. 형체도 보이지 않는 먼 거리에서 어떻게 재채기 소리를 들을 수 있었을까. 미국인들은 전부 소머즈일까. 사건의 진실이 오리무중인 가운데 회심의 일격을 받은 나는 그만 심장이 저릿했다.

다리를 달달 떨면서 다짐했다.

'다시는… 공공장소에서… 재채기를 하지 않겠다….'

그날부터 나는 재채기를 필사적으로 참았다. 그러나 재채기는 사랑만큼 숨기기 어려웠으므로 이후로도 여러 번 축복의 말을 듣고 감사해했다. 여전히 이런 건 속으로만 말했으면 좋겠다고 생각하면서.

사적 영역의 부재

우리 집 옷방 형광등이 나갔다. 그런데 남편과 둘이 머리를 맞대봐도 형광등 커버를 어떻게 분리하는지 모르겠다. 드라이버를 쑤셔볼 만한 구석은 보이지 않는다. 시계 방향이나 반시계 방향으로 돌려봐도 소용이 없다. 어둡기가 거의 동굴 같은 코딱지만 한 방에서 우리는 휴대폰 플래시와 드라이버를 들고 낑낑대다 널브러졌다.

"안 되겠다. 관리실에 연락하자."

미국의 아파트는 한국과 달리 아파트 회사에서 집을 빌리는 형태다. 즉, 집세에 시설 유지비용도 다 포함되어 있다. 온라인으로 신청서를 작성하면 사람이 와서 고쳐준다고 했다. 나는 처음부터 영 내키지 않았지만 이렇게 되니 달리 방법이 없었다.

신청서에 적었다.

'방문 전에 전화 주세요. 집에 고양이가 있는 것도 참고해주시구요.'

그런데 다음 날도 그다음 날도 전화가 없었다. 사람이 갑자기 올까 싶어 토요일 저녁까지 외출도 못 하고 기다렸는데 말이다. 월요일 아침에도, 남편이 출근할 때도, 내가 학교를 간 동안에도 깜깜무소식. 수업이 끝나면 집에 가서 전화를 한번 해볼 참이었다. 그런데 집에 갔더니 전구가 교체되어 있었다. 등골이 오싹했다. 무섭고 분해서 남편과 밤새도록 씩씩댔다.

"어떻게 문을 따고 들어와? 이래도 되는 거야?"

“정말 너무 몰상식하네. 없어진 물건은 없어? 내가 이따 회사에 따져볼게.”

그러나 우리의 분노가 머쓱해지게 미국인 친구는 어깨를 으쓱할 뿐이었다.

“원래 그래. 관리실 사람들이 열쇠를 다 가지고 있어. 위급상황에는 어쩔 수 없잖아.”

정말 참을 수 없었다. 이 털털하다 못해 무던한 사람들아. 남의 집에 불쑥 들어오는 게 어떻게 자택 침입이 아니고 원래 그런 일이 되냔 소리다. ‘생판 남’과 ‘우리 집’은 내 머릿속에서 도저히 맞닿지를 않았다. ‘우리 집에 생판 남’이라니 이게 무슨 ‘설탕 빠진 케이크’ 같은 말인가. 도대체… 도대체 어떻게 그런 일이 벌어질 수 있는지. 구둣발로 카펫 위를 돌아다녔을 생각을 하자 마음이 미어졌다.

집을 좋아하는 사람에게 집은 모든 것이다. 집은 나의 세상이자 나의 도피처, 출발지이자 종착지, 생활이고 꿈, 이상이며 현실. 그러니까 결국 아무것에도 침범당하지 않는 나 자신이었다.

서울에서 살던 원룸은 둘만 앉아도 집이 꽉 차서 화장실에 가려면 사람을 건너가야 했다. 사람은 부대낌이다. 부대끼면 멀미가 난다. 집에서는 사람 냄새가 나기 마련이고, 나는 그 냄새가 섞이지 않았으면 했다. 체취는 당혹스럽다. 너무 사적이고 너무 친밀하다. 그래서 체취 대신 커피, 한강의 바람, 알딸딸한 술 냄새나 묻히고 집에 왔으면 했다.

결국 문을 걸어 잠그기로 마음먹었다. 그런데 이 정다운 미국 남부 동네에서는 사람들이 자꾸만 나를 집에 초대했다. 얼떨결에 가서 영화도 보고 피자도 먹었다. 한국인들끼리 서로의 집에 드나드는 일이 점점 예사로워졌다. 척박한 미국 땅에서 떡볶이를 같이 먹으려면 집밖에는 장소가 없었다. 우리 집 식탁에서 학생들 공부를 봐주던 겨울이 있었고, 남의 집 식탁에서 냉커피를 마시던 여름이 있었다. 또 우리 집 냉장고엔 친구가 만든 장아찌가, 친구네 냄비엔 내가 만든 닭죽이 자리했다. 그리고 집이 동네 사랑방이 되는 동안 딱 한 번 이사를 했다.

올 것이 왔다. 이사 간 집에 빌트인으로 달린 전자레인지가 부서져 있었다. 옷방 전구 사건 이후 처음으로 집에 사람을 불러야 하는 것이다. 그러나 역시 주인이 없는 동안 남이 들어오는 건 달갑지 않았다. 어차피 온라인 수강을 하는 코로나 시대에 어디 나가지 않고 집에 꼭 붙어 있겠노라 다짐했다. 문제가 해결되면 그때 장을 보면 되겠지.

집에서 기다린 지 이틀 차에 아저씨가 오더니 전자레인지를 살펴보고 갔다.

"잠금 설정 잘못한 건 아니에요?"

"아니에요. 안에서 부서진 것 같다니까요."

집에서만 기다린 지 나흘 차에 아저씨가 다시 왔다. "이게 왜 안 되지" 하면서 문손잡이를 잡아당겼다. 그러자 손잡이가 댕그랑 하고 부러졌다.

"새로 주문해야 되겠네. 미안하게 됐수다."

그렇게 아저씨는 손잡이만 부러뜨리고 돌아갔다.

닷새, 엿새, 일주일이 지나도 소식이 없으니 언제까지고 집에만 있을 수는 없었다. 아저씨가 다녀간 지 한 이주일쯤 지났을 때였다. 볼일이 생겨 잠깐 나갔다 왔다. 집은 그대로였다. 새로 주문한 전자레인지가 언제 올지도 모르는데 내일쯤 관리실에 상황을 물어야지 생각하고 있었다.

다음 날 우편을 찾으러 나갔다. 우편함은 단지 초입에 있었다. 여기선 그 정도 거리라도 차를 타는 것이 보통이다. 산책 겸 팟캐스트를 들으며 걷고 있는데 누군가 나를 불렀다.

"전자레인지 이제 잘돼요."

"네…?"

그 아저씨다.

"그럴 리가 없는데…?"

"아냐, 잘돼. 어제 내가 해봤어요."

그 아저씨다. 우리 집 전자레인지 사정을 나보다 더 잘 알고 있다니. 아저씨가 하는 말을 이해하기까지 나는 시간이 조금 필요했다.

"혹시 어제 저 없을 때 왔었어요?"

"물 한 컵 넣고 돌려봤는데 멀쩡히 잘돼요."

아저씨는 내가 없는 사이 집에 와서 컵에 물을 담아 돌려봤다는 얘기를 너무나 아무렇지 않게 했다. 그런데 화가 안 났다. 그냥 너무 웃겼다. 이 모든 상황과 대화가 그저 어처구니없었다.

"물컵을 넣고 돌렸다구요…?"

"전자레인지 돌아가는지 보려면 뭘 넣고 돌려봐야지!"

뭐 그런 당연한 얘기를 하냐는 듯 아저씨가 역정 아닌 역정을 냈다.

"우와…. 우리 집 전자레인지 돌아가는 것도 알고 아저씨 나랑 베스트 프렌드네…."

나는 모르는 아저씨가 우리 집 가전제품 사정을 속속들이 아는 동네에서 산다. 친구끼리 서로의 집에 숟가락이 몇 개 있는지까지 꿰고 있는 동네, 택배가 앞집 문 앞에 보름씩 쌓여 있어도 손대지 않는 그런 동네에 산다. 나는 그 택배를 보면서 혹시 이웃에게 무슨 일이 생긴 건 아닌가, 여행이라기엔 너무 길지 않나, 며칠 기다리다 연락이라도 해볼까 걱정하는 사람이 되었다. 그 같은 사실이 난생처음 불안하지가 않았다.

그럼에도 나는 여전히 나만의 집에 산다. 그리고 그 집엔 내가 허락하는 별과 바람과 사람이 드나든다. 딱 거기까지가 나의 집이다.

눈물은 출처를 모른다

나는 세상에서 둘째가라면 서러운 울보다. 그리고 마지막으로 운 것은 오늘 저녁이다. 이유는 말할 수 없다. 어디까지나 친구들의 이야기이므로. 그전에 운 것은 오늘 아침인데 그 이유는 말할 수 있다. 어쩐지 남편의 출근이 오늘따라 사무치게 외로웠기 때문이다. 나는 어떤 식으로든 남겨졌거나 떠나왔다는 사실에 한 번씩 외로워지곤 했다. 출근하는 남편이 말끔해진 얼굴로 안녕을 고할 때, 전날 잠을 설친 내가 누운 채로 배웅을 할 적에, 나는 도무지 빈집에서 그를 기다릴 수 없을 것 같았다. 그러나 하도 울어대는 배우자를 둔 통에 그는 이 정도 눈물에 미동조차 하지 않았다. 남편은 당황하는 기색도 없이 이렇게 말하며 나가버렸다.

"돈을 벌어야 밥을 먹지."

나는 그것이 얼마나 야멸찬가를 생각했다. 사실 그 전날도 울었다. 양다솔 작가의 《가난해지지 않는 마음》을 읽다가였다. 학기 중에는 읽어야 할 것이 많아서 도저히 독서라는 취미를 누릴 수가 없었다. 돈 들어오는 구멍이 하나뿐인 2인 가구에서 학생 역할을 맡고 있는 나로서는 도서 구입이라는 사치를 자주 부리기 어려웠다. 할 수 없이 근처 도서관에서 책을 빌려야만 했는데 하필 미국에 사는지라 우리말로 뭘 읽은 지가 까마득했다.

타지에서 살다 보면 가끔 외로워지는 법이다. 아무리

사랑하는 친구들이 있어도 마찬가지다. 그들은 나의 가장 한국적인 정서를, 또 나는 그들의 가장 미국적인 정서를 절대 이해할 수 없다. 이런 종류의 외로움을 해소하기 위해 나는 주로 한국 드라마나 책을 보았다. 비밀번호 찾기와 이메일 인증에 1시간을 허비하고 나서야 전자책을 살 수 있었다. 훑어 읽는 데 걸림이 없는 이 귀한 글을 며칠씩 아껴 읽으며 소파에서 혼자 웃다 울었다.

또 그 전날도 울었다. 최근 구독한 HBO맥스에서 지브리 애니메이션 '가구야 공주 이야기'를 보았기 때문이다. 한때 창문도 없는 고시텔에 살던 불면증 환자는 그저 이 길고 텁텁한 밤이 지나가길 인내하며 영화를 보았다. 그때 접했던 영화들을 커다란 창문이 딸린 미국 집에서 다시 보자니 감회가 새롭다 못해 내키지가 않았다. 그때 울었던 장면에서 또 울 것만 같아 마음이 조마조마했는데 역시나 그 장면에서 또 울고 말았다. 아니, 그땐 안 울었던 장면에서도 약간 울었다.

내가 영화를 보다가 울면 남편은 어김없이 옛날얘기를 꺼냈다. 미국에 오기 전, 그러니까 결혼도 전인 언젠가 우리는 밤중에 영화를 보러 갔다. 어디서 공짜 표가 생기기 전까지는 볼 생각도 하지 않았을 코미디 영화였다. 낯익은 한국 배우들이 나오는 데다 누구나 아는 친숙한 도식을 따르고 있었다. 그런 영화들은 열심히 관객을 웃기다 꼭 마지막에 감동을 찾곤 했다.

너무 뻔하지 않냐며 남편이 내 귓가에 속삭이려던 찰나였다. 그만 축축해진 뺨에 남편이 당황하고 말았다. 나는 눈이 퉁퉁 부은 채 상영관을 빠져나오며 영화가 별로라고 했다. 그렇다. 나는 영화가 아무리 구려도 감독이 울리면 하릴없이 운다. 그것을 그는 5년이 지난 지금까지도 놀려먹는다.

전날은 별것도 아닌 이유로 싸워 울었고, 그 전날은 이민 생활이 힘들어 울었다. 또 그 전날엔 보고 싶은 사람이 있어 울었고, 그 전전날엔 간장게장이 먹고 싶어서 울었다. 홍어삼합이 먹고 싶어 운 날도 있고 매운 닭발이 먹고 싶어 운 날도 있다. 잠시 한국에 들어갔을 때 시켜 먹은 배달음식 결제 메시지를 보고 울기도 했다. 지난 학기엔 오늘 내로 끝날 리 없는 문서를 고치며 울었고, 지지난 학기엔 우는 유치원생을 달래다가 울었다.

아마 내 인생에 눈물 없이 지나가는 날은 단 하루도 없을 것이다. 마음이 개운해지거나 살아갈 힘이 생기지는 않는다. 울어서 남는 것은 맹맹한 코와 두통뿐, 세상은 또 얼렁뚱땅 살아진다. 소파에 얼굴을 묻고 울다 고개를 들면 고양이 슈가가 한심하게 나를 본다. 그럼 나는 또 일어날 수밖에 없다. 남의 집 고양이는 집사가 울면 달려와 얼굴을 핥아준다는데. 우리 슈가는 누구를 닮았는지 저렇게나 단호하다. 내가 멋쩍게 일어나 일상으로 돌아갈 때까지 쭉 저런 얼굴로 쳐다만 볼 뿐이다.

새벽을 잘라먹는 일

불면은 한결같이 힘들다. 고시텔에 살 때도 원룸에 살 때도, 학생일 때도 직장인일 때도, 약을 먹거나 먹지 않을 때도. 근 10년을 꼬리표처럼 따라다닌 불면증이 이젠 새삼 대수롭지도 않다. 꿀잠이란 선물처럼 예기치 못하는 순간에 주어지는 것으로만 알았다. 그러니 불면과는 원수 같은 오랜 애인처럼 계속 가는 그런 사이인 것이다. 불면에 관해 딱 하나 달라진 점이 있다면 침대를 나눠 쓰는 사람이 생긴 이후로 더욱 심해졌다는 것이다.

굿나잇 인사를 나누고 5초쯤 지나면 남편은 잠이 든다. 일이 피곤해 저러겠거니 하고 안쓰러운 마음이 드는 것도 잠깐. 그가 힘들지 않다고 잘 자지 못하는 법도 없으니 마음속에 은근하게 약이 오른다. 나는 불면이 심해지기 전에도 어릴 적부터 잠들 때 시간이 걸리는 아이였다. 할머니가 등에 업고 동네를 5바퀴씩 돌아도 안 잤다고 한 걸 보면 무구한 눈으로 양육자를 피 말리는 아이였나 보다.

불을 끄면 귀신이 나올 것 같아 식은땀이 났다. 반대로 불을 켜고 자자니 수면의 질이 떨어졌다. 그래도 귀신보다야 얕은 잠이 낫다는 생각에 결혼 전까지도 형광등을 켜놔야만 잠이 들었다. 눈을 감고 잠드는 데 2시간은 보통인 줄 알았다. 저렇게 머리만 대면 잠드는 사람이 세상에 있다니 역시 우주는 불공평하다.

저 태평함에 샘을 내고 있던 차에 가장 큰 수면 방해

꾼이 등장한다. 조바심이다. 이제 막 잠이 든 남편이 깊은 잠에 빠지기까지는 약 10분. 그 전에 내가 잠들지 못하면 기차 화통 같은 코골이에 밤새 고통을 받고 말 것이다. 숙면의 모순은 자고 싶다는 마음이 절박할수록, 자야 한다는 심정이 조급할수록 점점 잠과는 멀어진다는 데 있다. 정수기에서 나는 물소리, 시계 초침 도는 소리, 고양이 드나드는 문소리, 남편의 뒤척임 소리, 실링팬 돌아가는 소리. 늦은 시간 집 앞에 주차하는 자동차 소음과 켜져 있는 컴퓨터 소리에 일일이 신경이 거슬릴 때쯤 잠이고 뭐고 모든 불똥이 남편에게로 튄다.

'자기 전에 컴퓨터를 썼으면 말이야. 끄는 것까지 책임을 지고 했어야지. 내가 쉽게 잠 못 드는 거 뻔히 알면서 어쩜 이렇게 사람이 배려가 없어? 그래놓고 아침에 얘기하면 또 대수롭지 않게 잊어버렸다고 하겠지. 저놈의 컴퓨터를 내가 부숴버리든가 해야지. 왜 컴퓨터는 쓰는 사람 따로 있고 끄는 사람 따로 있는 거야.'

손이라도 한번 씻으면 아직 오지도 않은 잠은 저 멀리 달아나버린다. 그리고 돌아오면 남편은 이미 코골이를 시작한 후다.

'그래, 이성적으로 생각하자. 자는 사람 깨운다고 멈출 코골이가 아니다. 출근하면 하루 종일 일만 할 텐데 내가 못 잔다고 옆 사람까지 방해하진 말자.'

마인드컨트롤을 해보지만 컴퓨터를 끄며 있는 대로 신경질이 났다. 결국 나는 10분도 못 버티고 남편을 쿡쿡 찌른다.

"조용히 좀 해…."

그는 미동도 없다. 조금 더 세게 쳐본다.

"조용히 좀 하라구…."

그는 "우웅" 하더니 다시 코를 곤다. 초등학교 1학년 수업시간마다 머리카락을 잡아당기고 모른 체하던 뒷자리 남자애를 빼면 살면서 이렇게 얄미웠던 사람도 없다. 나는 그만 약이 올라서 코를 확 비튼다.

"아, 조용히 좀 하라고!"

잠에서 깬 남편이 짜증을 내고 자세를 고쳐 누우면 한 1분쯤 정적이 흐르다 다시 코골이가 시작된다. 이쯤 되면 포기한 채 소파로 갈 때도 있지만, 어떤 때는 배알이

꼴려 이 의미 없는 짓을 반복하고 싶다.

2시… 3시…. 손으로 찌르고 다시 코를 고는 지난한 과정 동안에도 사건은 일어난다. 일례로는 내가 명상 가이드를 틀어놓는 경우다. 어떻게든 잠을 청해보려는 노력의 일환으로 목소리가 이끄는 대로 몸에 힘을 빼고 내면의 평화에 집중한다. 옆자리의 코골이 머신이 퍼뜩 잠에서 깬다. 그러고는 뚫어져라 쳐다본다. 등골이 오싹해져 물으면 비몽사몽 중에 무섭다고 주절거린다.

"그거 내 명상 음악이야. 잠이 안 와서 좀 틀었어."

"으어어, 무서워. 싫어…."

진짜 뭐 이런 인간이 다 있지. 자기는 옆집에서 들릴 정도로 코를 골면서 내가 명상 음악 좀 틀었기로서니. 참을성이 바닥나자 분노가 솟구친다. 이제 잠을 자려는 노력은 소용이 없다. 속에서 부글부글 끓는데 잠을 어떻게 잔단 말인가. 스물한 번째 코골이에 나는 옆구리 찌르기를 멈춘다. 그리고 거칠게 팔을 흔들어 깨운다.

"나가. 나가서 자."

그가 베개를 들고 나가면 이미 새벽 4시다. 정말이지 오늘은 오전을 길게 쓰고 싶었다. 매일 6시 반에 있는 조깅 모임을 포기하고서라도 말이다. 밤새 쌓인 신경질과 옆 사람에 대한 미안함과 또 안 풀리는 화가 한데 섞여 도무지 몸에 긴장이 풀리지 않았다.

'그래, 심호흡을 좀 해보자.'

양을 센다. 다른 동물도 아닌 양을 세는 이유는 양이 영어로 Sheep이라서 그렇다는 얘기를 어디선가 들었다. "쉬이이입" 하는 바람 소리에 잠이 잘 온다고.

"One sheep, two sheep, three sheep…."

한 열 마리쯤 세니까 머릿속에 이미 양 농장을 차릴 판이라 숫자를 거꾸로 세어보기로 한다.

"1000, 999, 998, 997…."

아, 짜증 난다. 자면서까지 숫자를 생각하려니 머리가 아프다. '아니, 이게 뭐야, 벌써 5시잖아.' 그렇다면 내일 오전 10시 기상으로 계획을 바꾼다. 빗소리를 틀어본다. "투두두두두두." 빗소리라기보단 헬리콥터 소리 같아서 다시 파도 소리로 바꾼다. "솨아아아아 솨아아아아." 이것도 계속 듣다 보니 진짜 물소리가 맞나 싶다. '소리가 굉장히 인공적인데, 전자음 아니야 이거?' 머리가 무거워 타이레놀이라도 먹을까 고민하다 보니 어느새 눈이 가물가물하다. 기분이 좋아진다. 이불에 몸을 파묻는다. '이거지.'

바로 그때 슈가가 "애옹" 하고 운다. 무시해보려는데 내가 반응을 안 하니까 점점 더 큰 소리로 운다. 고양이는 의사 표현이 확실해서 사람한테 할 말이 있을 때만 저렇게 운다. 저것은 나보고 일어나서 무엇이든 좀 해보라는 소리다. 도대체 이 시간에 급할 게 뭐냐고 베개로 귀를 틀어막는데 이제 아예 문을 박박 긁으며 울기까지 한다. 일어나 보니 남편이 거실로 나가며 안방 문을 닫는 바람에 방에 갇힌 슈가가 미친한 인간더러 빨리 문을 열라는 신호다. 아침 공복에 물 한 잔이 마시고 싶은 건가. 슈가는 이미 나에게 눈으로 타박을 주고 있다. 문고리를 돌리기가 무섭게 슈가가 밖으로 나간다. 이제 6시다.

몸은 피곤하지 머리는 무겁지. 최악의 컨디션에 기분은 주체할 수 없이 나빠진다. 해는 이미 떴다. 6시 반에 조깅을 가고 싶었는데 그러려면 지금 나가야 할 판국이다. 오전 시간을 활기차게 보내고 싶었는데 다 망쳐버렸다. 그제도 망했고, 어제도 망했는데, 오늘도 똑같이 망했다. 이 집에서 나만 빼고 다들 잘 잔 것 같다. 이럴 수는 없다. 인생이 이럴 리가 없다. 무언가 잘못되었다. 이게 진짜일 리 없다. 급기야 누적된 피로와 신경질로 울음이 터지기 시작한다. 처음엔 훌쩍거리다가 나중엔 실연당한 사람처럼 통곡한다.

"엉엉, 나한테 이러면 안 되잖아. 어떻게 나한테 이럴 수 있어…."

진짜 인생이 너무 힘들다. 속으로는 이미 소주 반병 깠다. 살아 있는 모든 것을 저주하고 싶다. 그래도 요즘은 여기서 이야기가 끝이다. 이러다가 잠이 들면 잘 때까지 원 없이 자둔다. 그러나 이 평화도 그냥 쟁취한 것은 아니다. 설득과 싸움으로 겨우 얻어낸 결과물이다. 왜냐하면 6개월 전만 해도 출근하는 남편이 아침에야 겨우 잠든 내 이불을 들춰 깨웠기 때문이다.

"아침이야! 새로운 하루가 시작됐어! 일어나요, 일어

나요!"

그것도 내가 가장 싫어하는 노래를 부르면서…. 과연 오늘 밤은 그보다 먼저 잠이 들 수 있을까?

과잉 반추

모두들 잠든 시각에 나는 별안간 눈을 떴다. 생각주머니에서 미처 소화되지 못한 생각이 아닌 밤중에 역류했기 때문이다. 교수님이 나에게 보낸 메일 도입부가 마음에 걸렸다. 교수님은 나를 "지수"라고 불렀다. 개인적인 선호와 편의에 따라 미국에서는 다른 이름을 사용하고 있었다. 물론 "지수"라고 불려도 크게 개의치는 않는다. 어차피 병원도 은행도 그 이름을 쓰고 있었으니까. 그런데 교수님은 한 번도 나를 "지수"라고 부른 적이 없었다. 나름대로 교류가 있던 분인지라 나는 잠깐 마음이 복잡해졌다. 내 이름을 잊은 걸까? 그래서 이메일에 표기된 이름을 부르신 걸까? 아니면 그냥 실수인가? 어느 쪽이든 서운하긴 마찬가지다. 생각을 흘려보내기 위해 나는 다시 한번 공들여 기억을 꼭꼭 씹는다.

그러나 씹어도 씹어도 역류하는 건 생각뿐이다. 나는 내가 너무 예민한 건 아닌지 다른 사람의 의견이 듣고 싶어졌다. 그런데 이게 남에게 물어볼 만한 문제일까? 괜히 친구들만 귀찮게 하는 꼴은 아닐까? 반대로 나의 걱정이 별거라고 확인 사살당하면 어쩌지? 이런 걸 물었다가 친구들이 나를 피곤한 사람이라고 여기면? 피곤한 나머지 이제 나랑 안 놀겠다고 하면? 불안을 감당할 수 없을 지경이었다.

결국 나는 아직 대낮을 살고 있을 한국 친구에게 카톡을 보냈다.

'뭐 해? 보고 싶다.'

순간 사이가 멀어져 연락이 끊긴 친구들이 떠올랐다. 어디서부터 무엇이 잘못되었는지를 한 천 번쯤 헤아리다가 전하지 못한 사과와 받지 못한 사과를 복기한다. 어떤 사과를 생각하면서는 새로이 분노하고 어떤 사과를 말하다가는 뒤늦게 이해한다. 그러다 보면 '잘못'이란 게 무서워진다. 앞으로도 죽을 때까지 잘못을 안 할 수는 없을 것이다. 그 사실에 괴로워하다 이미 했거나, 하고 있는 잘못들을 세어본다. 불확실한 바다에서 밤이 깊도록 헤엄치다가 결국 옆 사람을 깨운다.

"혹시 내가 엄청난 잘못을 하면 나랑 같이 안 살 거야?"

"그게 무슨 봉창 두드리는 소리야…. 잘 자, 흠냐."

그래서 나는 수학적으로 생각해보기로 한다. 이제까지 내가 저지른 숱한 잘못의 경중을 따졌을 때 용서받지 못한 잘못과 용서받은 잘못의 비율은 얼마나 될까? 이를 바탕으로 앞으로의 일도 가늠할 수 있을 것이다.

하지만 처음 꺼낸 기억부터 쉽지가 않다. 차 없이는

집 앞 편의점도 갈 수 없는 미국 동네에서 혼자 운전을 해야 했는데, 아파트 단지 진입로에서 달려오는 차를 보지 못하고 빨간불에 우회전을 해버렸기 때문이다. 간발의 차로 브레이크를 밟은 차가 클랙슨을 울리며 속력을 내더니 창문을 내리고 쌍욕을 하기 시작했다. 남의 나라에서 남의 나라 사람에게 남의 나라말로 듣는 쌍욕은 내가 들은 것 중에 최고로 무서웠다. 그러니까 도로 법규를 어긴 게 잘못이라면 잘못이기는 한데, 초보 딱지를 붙인 차에게 그렇게까지 쌍욕을 했어야 했나 싶은 것이다.

눈을 세모나게 뜨고 있으니 마음도 모나지는 기분이다. 모난 마음으로 아까의 이메일을 다시 보고 있자니 아무래도 무언가 잘못된 것 같다. 2년 동안 한결같이 나를 불렀던 사람이 어떠한 연유로 호칭을 달리한단 말인가? 나에게 뭔가 화가 나신 게 분명하다. 그리고 나는 무언가 잘못한 게 틀림없다. 찬찬히 헤아려보려고 했던 나의 모든 잘못이 헤아릴 새도 없이 생각주머니를 타고 넘어와 질식할 것만 같다.

“일어나봐. 아무래도 안 되겠어.”

“…도대체 무슨 일이야?”

“이런 일이 있었는데 역시 내가 뭘 잘못한 걸까?”

“갑자기 무슨 말도 안 되는 소리야?”

“작년에 운전하다 부딪칠 뻔해서 나한테 욕하고 갔던 사람 말이야. 그 사람은 왜 그렇게까지 해야만 했을까? 너무 놀라서 주체할 수 없었나?”

“작년에 누구?”

“어떻게 생각해? 사람이 막 평소에 안 하던 쌍욕이 튀어나올 수도 있는 거야?”

“누가 뭘 해?”

“근데 막 가게에서 점원들한테 이유 없이 트집 잡고 욕하는 사람들 있잖아. 그건 우발적인 게 아니잖아. 충분히 생각하고 욕하는 거잖아. 대체 사람들은 왜 그러는 걸까?”

“언제…? 누가…?”

“2011년에 파리바게뜨에서 빨간 패딩 입은 아저씨가.”

"그건 10년 전이잖아. 그걸 왜 지금 꺼내고 그래?"

"2012년 편의점에서도… 2013년 카페에서랑…."

"옛날 일을 왜 자꾸 생각해? 이미 지나간 일이라구."

"그럼 아까 말한 이메일은? 그건 지나간 일 아니잖아."

"왜 지나간 일이 아니야, 이미 벌어진 일인데. 교수님한테 다시 물어볼 거 아니잖아. 그럼 그냥 그런가 보다 해. 실수하셨나 보지."

"앗, 메일 보내서 왜 그러셨냐고 물어볼까? 그래도 될 것 같아?"

"그런 얘기가 아니라… 이 얘기를 어제저녁부터 몇 번을 하는 거야. 도대체 왜 그러는 건데?"

왜 그러냐니. 나도 모른다. 밤마다 되새김질을 하다니 내가 소였던 것은 아닐까? 음식물을 씹어 네 개의 위로 소화하듯이 내 생각도 영원히 곱씹어야 하는 주술에 걸려버린 것은 아닐까? 그러니까 이것이 전부 소가 된 게으름뱅이의 저주는 아닐까?

그런 결론에 다다른 나는 다음 날 잠자리에서 처음부

터 다시 되새김질을 시작한다.

'아니, 그래서 교수님은 도대체 이메일에 왜….'

영역이 확실한 아이

슈가야, 너를 데려오던 날 나는 알았지. 우리가 좋은 룸메이트가 되리라는 것을! 날카롭고 단호한 초록색 눈을 보는 순간 단번에 널 이해할 수 있었거든. 너는 아주 예민하고 섬세하며 영역이 확실한 존재. 너를 데려오던 날부터 나는 그에게 수없이 말해왔어. 너를 좀 내버려두라고. 남편은 온몸이 북실북실한 너의 귀여움에 어쩔 줄을 몰랐나 봐. 자꾸 만져보고 안아보고 싶었던 것 같아. 장난감이나 간식으로 관심을 끌고 싶었겠지. 네가 미간을 찡그리며 팽하고 도망갈 때마다 걔는 좀 상심하더라고. 그러면서 되레 나더러 묻는 거야. 이런 귀염둥이에게 어찜 눈길 한 번 주지 않을 수 있냐며. 하지만 슈가, 너는 알지. 우리에겐 서로의 영역이 있잖니.

중고매장에서 업어 온 푹신한 남색 소파 왼쪽 자리는 슈가의 영역이지. 캣타워 꼭대기도 슈가의 영역이고. 가끔 사람 눈길이 귀찮아지면 들어가는 침대 밑 그늘도 마찬가지야. 그 외에 슈가가 머무는 자리는 없어. 그곳에 머무는 동안은 오로지 슈가의 시간이야.

반대로 너보다 키가 크고 손이 발달한 나는 영역이 좀 넓지. 주로 남색 소파 자리에서 책을 읽어. 안방 침대 왼쪽 자리에서 잠을 자고, 게스트룸 침대 오른쪽 자리에서 영화를 봐. 주방을 등진 동그란 식탁도 내 영역 중 하나야. 다른 자리에서 식사를 하는 경우는 거의 없어. 고로 우리는 각자의 영역을 존중하며 한 집을 사이좋게 나눠 쓰고 있어. 서로가 서로의 영역을 침범하지 않는 선에서 가장 자연스럽게 존재하도록. 다른 식구가 없는 동안 우리는 소파를 공유하고 앉아 서로 다른 곳을 보며 마음을 나누기도 해. 하지만 내가 조금이라도 영역을 넘어가는 순간 너는 참지 않고 곧장 자리를 떠. 나 또한 네가 책상에 올라오는 때만은 싫은 소리를 하며 쫓아내. 서로 침범하지 않는 것이 너와 나 사이의 평화조약이니까.

하지만 슈가, 이 세상이 부담스럽지 않니? 너는 어떻게 생각해? 온 세상 존재들이 다 우리 같지는 않으니 말이야. 이건 내 생각인데 어떤 사람들은 거리감에 있어 '적당히'란 말을 잘 모르는 것 같아. 소파에 함께 있을 때 그렇잖아. 우리가 같은 곳에 앉아 다른 일을 하며 체온을 나눌 때도 마찬가지고. 너도 딱 그 정도가 좋은 거야. 정확히 그 지점에서 발라당 누워 배를 보일 수 있는 거고, 정확히 그 지점에서 그르렁거릴 수 있는 거지.

둘째가 들어오고 나서 너를 조금 걱정했던 것도 사실

이야. 콜라가 좀 유난스러워야지. 걔는 우리와 달리 애정을 갈구하는 스타일이잖아. 부쩍 침대 밑에 있는 시간이 많아진 널 보면서 혹시 서운한 건 아닐까 걱정도 했어. 하지만 나의 손을 예의 바르게 거절하는 조그마한 앞발을 보며 깨달았단다. 너는 그저 또 하나 추가된 고양이로 인해 부산해진 집 안 꼬락서니가 귀찮았을 뿐이라고. 보상이라도 해주듯 눈앞에서 장난감을 흔들어대는 인간들이 그만 보고 싶었던 거야. 혼자 조용히 있고 싶은 슈가는 영역이 확실한 고양이니까.

"모두의 마음속엔 100분의 1 굵기로
직조되는 내밀하고 선명한 세계가 있다."

2.

가냘픈 한 올의
순간들

타인은 나를 모른다

나는 사실 촉촉한 초코칩이다. 안 촉촉한 초코칩 나라에 살다가 촉촉한 초코칩 나라의 촉촉한 초코칩을 보고, '아, 여기가 촉촉한 초코칩들의 나라구나! 나 같은 촉촉한 초코칩이 있을 곳이 바로 여기구나!' 하여 문을 두들겼는데, 촉촉한 초코칩 문지기가 "넌 촉촉한 초코칩이 아니고 안 촉촉한 초코칩이니까 안 촉촉한 초코칩 나라에서 살아!"라고 해서 안 촉촉한 초코칩 나라로 돌아와야 했던 초코칩이다. 왜 다들 나더러 안 촉촉한 초코칩이라고 하는지 몰라서 수년간 고민한 결과는 대충 이러했다. 나는 극강의 촉촉함을 담아내기 위해 겉면이 바삭해진 이른바 겉바속촉 초코칩이었다.

촉촉한 초코칩 문지기들은 어디에나 있다. 산책하는 강아지와 함께 있던 친구, 언젠가 함께 새해 일출을 보던 엄마, 사랑의 말을 보채던 옛 남자친구. 모두가 나의 촉촉한 초코칩들이다. 문지기들은 입을 모아 말한다.

"어떻게 귀여운 강아지를 보고도, 이렇게 아름다운 일출을 보고도, 사랑하는 사람과 있는데도 아무 느낌이 없을 수 있어? 너는 정말 안 촉촉한 초코칩이야!"

벅차오르는 감정에 압도당해 우두커니 서 있던 나는 순식간에 입국을 거부당한다.

일단 초코칩 나라에 들어가려면 두 가지가 필요한 것 같았다. 첫째 호들갑, 둘째 재빠름. 이 둘은 따로 있어서는 안 되고 반드시 공존해야 한다. 그런 면에서 호들갑을 떨거나 재빠르지도 못한 나는 여러모로 부적격이다. 그래도 할 수 없다. 어떤 강렬함은 무겁게 명치를 내리누르고 또 어떤 강렬함은 종잡을 수 없이 날아다닌다. 그런 감정들 앞에서 내가 할 수 있는 것은 그저 주저앉지 않기, 울지 않기, 숨쉬기가 전부일 때가 많다. 그리고 그마저도 보통 실패한다. 나는 슬픈 영화를 보다가 울어버리고, 좋아하는 그림 앞에서 잠시 숨이 멎는다. 모든 것은 가슴속에서 일어난다. 문지기들은 내 안에 흐르는 초코는 보지 못하고 바삭하게 익은 겉면만 본다. 그러고는 들어올 수 없다며 여권을 돌려준다. 이 무능한 문지기들 같으니라고!

겉바속촉 초코칩에게는 최근 고민이 하나 생겼다. 누가 자꾸만 사랑 고백을 하는 것이다. 바로 겉바속촉 초코칩 남편의 가족들이다. 남들이 다 촉촉한 줄 아는 나의 남편은 사실 겉만 촉촉하고 속은 바삭바삭하다. 사람들은 촉촉한 그를 좋아한다. 누가 봐도 촉촉해 보이는 그가 항상 웃는 낯이라서다. 웬만하면 넘어가고 양보해

줄 것 같다. 그 촉촉함에 대뜸 집어 물었다가 앞니가 나가봐야 비로소 아는 것이다. '아이고, 이 쿠키가 딱딱했구나!' 어쩌면 그의 촉촉한 겉모습은 유전일지 모른다. 그의 부모는 나에게 전화를 끊을 때마다 말했다.

"사랑한다."

나의 촉촉한 속은 대혼란에 빠졌다. 내 부모가 사랑한다고 말한 적은 기억을 다 더해도 다섯 번 안팎. 너무 어릴 때라 기억에서 사라졌을 가능성은 있다. 내가 사랑한다고 말한 것도 그 정도가 전부다. 어느 날 난데없는 통화에 코를 훌쩍인 적은 있지만, 애써 끊으려는 전화에 대고 사랑을 속삭인 적은 없었다. 아니, 앞으로도 하지 않을 것이다. 표현해야 커지는 마음이 있다는 말에 조용히 반대하면서 어떤 마음은 표현하지 못할 정도로 무겁다고 여겨온 나였다.

아빠는 남편에게 물었다. "우리 딸이 좀 무뚝뚝하지?"라고. 내가 하는 사랑은 알지도 못하면서 말이다. 그러면 나의 흘러넘치는 촉촉함을 시시각각 목격한 남편이 되물었다. "지수가요…?"

나는 그의 부모가 던진 말에 대해 하루 종일 생각했다. '사랑한다….' 과연 진심일까? 아무리 생각해도 나를 아들만큼 사랑하지는 않을 것 같았다. 그건 거의 확실했다. 사랑의 기준은 무엇일까? 얼마나 사랑해야 사랑한다고 말할 수 있을까? 아들만큼은 아니지만 사랑하기는 한다는 뭐 그런 의미일까? 사람들은 주로 어떤 사랑을 내보이고 또 어떤 사랑 속에 살아갈까? 사랑은 너무 큰 무기다. 나를 무력하게 만드는 강렬함 중에 최고봉이다.

나는 남편을 불러다 앉혀놓고 말했다.

"이런 일이 있었어. 무슨 뜻일까?"

"뜻은 무슨 뜻이 있어. 그냥 하는 말이지."

"어떻게 이런 말을 그냥 해?"

"아니, 그냥 그렇다는 거지."

"너는 그럼 그냥 사랑한다고 해?"

"아니, 교회에서 다들 하는 말이야. 너도 그냥 대충 대답해."

이래서 속이 바삭바삭한 사람하고는 대화가 안 된다. 어떻게 사랑한다는 말을 그냥 하지? 얼마나 사랑하는

데? 어떻게 사랑하는데? 그 사랑은 맹목적이야, 아니면 조건부야? 나는 가상의 천장 아래 어떤 알고리즘을 만들었다.

이미 들어버린 말인가? → 엎질러졌으니 Yes → 대답을 해야 하는가? → 전화를 끊을 순 없으니 Yes → 무난한 대답은 무엇인가? → 남편은 "저도 사랑해요"라고 한다. → 그럼 그렇게 답할 수 있는가? → 여기엔 부가 질문이 더 필요하다.

시부모를 내 부모처럼 사랑하느냐고 묻는다면 글쎄다. 그럼 서운하지 않으시게 빈말을 해야 할까? 하지만 오래 보는 사이에 하는 빈말은 언젠가 반드시 문제가 된다. 선의의 거짓말이 하얗다는 것은 거짓말쟁이가 자기 마음 편하고자 하는 합리화다. 한 번 보고 말 사이가 아니라면 기분 맞추기용 빈말은 삼가는 게 좋다. 자, 그럼 다시 앞으로 돌아와서 무난한 대답은 무엇일까? 진심이 허하는 선에서 나오는 말이 가장 무난한 대답일 것이다. 그럼 나의 진심은 어디 있는지 듣지 않을 수 없다.

영원 같은 기다림 속에 나는 마침내 수화기에 대고 답변을 내놓았다. 사랑 표현치고는 세상 바삭바삭한 답변이었다.

"네, 감사합니다."

직장 상사와도 그렇게 건조하게 전화를 끊진 않을 것 같았다. 나는 마치 충동적이고 열정적으로 뱉어낸 연인의 사랑 고백에 어색하게 "thank you"로 시선을 피하는 영화 주인공이 된 기분이었다. 전화를 끊는 상대방의 목소리가 멋쩍게 들리는 것은 기분 탓이었을까.

"걱정 좀 그만해. 우리 집은 그렇게 말 한마디에 의미부여 안 해."

잊을 만하면 소환되는 통에 피곤해진 남편이 해명했다.

"너 같은 바삭바삭이들은 몰라. 하는지 안 하는지 네가 물어봤어?"

"그냥 인사치레라니까?"

"그건 네 생각이잖아. 확인해봤어? 인사치레인지 아닌지 대놓고 물어봤어?"

"다음에 그럼 내가 대놓고 물어볼게."

"그걸 또 대놓고 물으면 어떡해? 그럼 내가 뭐가 돼?!"

"그래서 네가 걱정하는 게 뭐야? 듣는 사람 서운할까 봐? 그럼 안 서운하게 대충 둘러대도 좋았잖아. 근데 넌 안 그럴 거잖아. 진심만 말할 거잖아. 이제 와 서운해한들 어떡해? 그리고 그런 거 마음에 담아두는 사람들 아니라니까, 우리집. 나 보면 모르겠니? 원래 아무 말이나 주고받고 기억을 못 한다구."

바삭바삭한 사람의 바삭바삭 맞는 말. 나는 마음이 상한 나머지 팽 토라져 방문을 닫고 들어가버렸다. 설움에 찬 한마디를 남긴 채.

"네가 내 마음을 뭘 알아."

우리 사이엔 테이블이 필요해

남편은 절대로 가사를 돕지 않는다. 당연히 할 일이라 여기고 주도적으로 한다. 부부든 룸메이트든 마찬가지다. 성인 둘이 있는 집에서 가사를 분담하는 건 상식적인 일이니 칭찬할 것은 없다. 오히려 내가 밥을 하면 보통의 아내이고 남편이 밥을 하면 최고의 남편이 되어버리는 작금의 상황이 상당히 거슬린다. 그러나 맞벌이 여부와 관계없이 여성 배우자의 가사노동 시간이 월등히 높은 것이 현실이다. 남편이 가사노동에 적극적이라는 점이 결혼을 결정하는 데 긍정적인 역할을 한 것도 부인할 수 없다. 응당 해야 할 집안일을 남에게 미루지 않는다는 게 또 단점은 아니니까.

결혼할 무렵 우리는 미국 유학을 준비하고 있었다. 요즘은 결혼을 해도 1년 정도는 혼인신고를 미룬다던데 우리는 비자 발급을 위해 결혼 2개월 전에 먼저 혼인신고를 했다. 식만 안 올렸다 뿐이지 법적으로 부부였으니 떨어져 살 이유가 없었다.

이사는 간단했다. 유학을 앞둔 상태라 신혼집을 구할 이유가 없었기 때문이다. 내가 대학 때부터 지내고 있던 원룸에 남편 가방 하나만 들어왔다. 조금 협소하긴 해도 몇 개월 버티다 출국할 예정이었다. 굳이 일을 분담하지 않아도 집안은 잘 굴러갔다. 그사이 나는 다른 곳에 잠깐 근무했고 한동안 남편이 가사를 전담했다. 퇴근하고 돌아오면 모든 살림이 반짝반짝 닦여 있었다. 이런 사람하고 살면 앞으로 집안일로 싸울 일은 없을 것 같았다. 그런데 웬걸. 대부분의 부부싸움은 '가사'에서 온다.

문제는 미국에 와서 신혼집다운 신혼집을 구하면서 시작됐다. 대학 시절 원룸을 전전하며 자취를 했던 나는 공간이 분리된 넓은 집이 마음에 들었다. 공간이 3배면 살림도 3배가 된다는 사실을 그때는 몰랐다. 물론 서울에서의 생활도 치열했다. 하지만 생계유지 관점에서 보자면 미국에 비할 바가 아니었다. 서울은 인건비가 싸고 야근문화가 살인적인 곳. 내가 회사에서 죽어가는 만큼 개인적인 일들은 외주로 돌리기 쉬웠다.

요리? 안 했다. 하루 두 끼를 회사에서 먹는데 한두 번 밥해 먹자고 모든 것을 구비할 수는 없는 노릇이었다. 그래서 당시엔 밥솥도 없었다. 밖에 나가면 1만 원 이내로 꽤 근사한 밥을 사 먹을 수 있어서였다. 요리를 안 하니 뒷정리도 필요하지 않았다. 배달음식? 잔반과 포장용기는 한 번에 버리면 그만. 그렇다면 청소는…? 당시엔 손바닥만 한 원룸 청소마저 귀찮고 고됐다. 그래서 그마저도 힘이 들어 가사도우미에게 맡겼다. 마감이 있는 직업 특성상 두세 달은 집에 거의 들어오지 못할 정도로 바빴다. 회사 근처 할머니 댁에서 잠깐 눈을 붙이며 일하다 보면 내 원룸은 손길이 닿지 않은 귀신의 집이 되기 일쑤였다. 집을 아예 방치할 수는 없으니 어쩌다 한 번씩 청소도우미 앱을 이용했다. 단돈 5만 원에 집을 말끔히 유지하는 편이 새벽에 퇴근해 먼지를 마시며 자는 것보다 나았다. 게다가 애초에 남편과 나는 둘 다 집에 잘 붙어 있지 않았다. 좁은 원룸에 있어봤자 머리만 아팠다. 서울에 놀 게 얼마나 많은데.

그러나 미국에서의 라이프스타일은 다르다. 둘 다 집에서 저녁을 먹는다. 점심은 도시락을 싸는 것이 일반적이다. 둘이서 외식으로 햄버거 세트만 하나 먹어도 30달러, 많게는 50달러 이상이 나온다. 수입 없는 유학생은 그 돈을 감당할 수 없다. 요리를 한다는 것은 매번 장을 보고 뒷정리를 하고 냉장고를 비축하며 끊임없이 메뉴 생각을 해야 하는 이중고에 속한다. 거기다 집은 넓은데 고양이가 있다. 청소는 힘들고 오래 걸린다. 우리는 지쳤다. 그때부터였다. 우리가 싸우기 시작한 것이.

넷플릭스에서 고전 시트콤 〈프렌즈〉를 함께 보던 중에 남편이 말을 꺼냈다.

"모니카가 좀 낯익다는 생각 안 들어?"

모니카는 정리에 집착하고, 승부욕이 강하며, 통제광적 성향을 가지고 있다. 한마디로 주변을 들들 볶는 경향이 있는 인물. 그러니까… 나네. 차마 부정은 못 하겠다. 모니카만큼 강박이 있는 건 아니지만 나는 공간과 물건에 대한 규칙이 있다. 모든 것이 내 통제하에 있기를 원했다. 좋게 말해 디테일에 신경 쓴다고 하자. 물건들에 저마다의 자리가 있고 나름의 청소 방식이 있는 셈이다. 사공이 많은 것은 싫어한다. 그럼 배가 산으로 가니까.

남편은 여전히 집안일에 적극적이다. 그게 문제다. 살림은 하나요, 사공은 둘이라는 점. 삼시세끼가 내 몫인 것보다야, 구분 없이 주도적으로 하는 편이 이상적이다. 하지만 현실은 이상과 멀다. 파가 한 대 남아서 반은 오늘 떡볶이에, 반은 내일 라면에 넣을 생각을 하고 있었다. 그런데 남편이 파는 많을수록 맛있다며 묻지도 않고 다 넣어버려서 다음 날 나는 끓는 라면 앞에 황망하게 서 있었다.

살림이란 현실적이어서 하나부터 열까지 다 상의할 수는 없다. 그는 살림이 몸에 익어 집에 고추장이 얼마 남았는지조차 속속들이 알았다. 문제는 내가 "고추장은 일주일만 기다렸다 사야지" 생각하고 있을 때였다. 그는 마침 고추장이 떨어졌으니 마트 간 김에 멋대로 고추장을 사 오겠다고 한다. 이러면 나는 계획이 전부 틀어진다고 냉장고를 붙들고 운다. 어디 그뿐일까. 나는 샤워 커튼을 왼쪽으로 걷어두는데 남편은 오른쪽으로 걷어둔다. 집안일에 관한 한, 남편은 모로 가도 서울만 가면 된다는 주의고 나는 일에는 왕도가 있다고 믿는 주의. 남편은 사소한 건 문제가 되지 않는다고 주장했다. 물건은 찾아서 쓸 수 있으면 그만이며, 남는 식재료야 다음에 먹으면 된다고. 그러나 나에게 그것은 문제가 되었다.
'질서가 흐트러지잖아!'

가사 문제 이외에 우리의 성격 차이가 문제 되었던 것은 결혼식을 준비하면서였다. 극심한 스트레스로 파혼 지경에 이르러 결국 커플 상담을 받게 되었다. 나는 왜 육하원칙에 맞춰 말을 할 수는 없는지, 왜 자꾸 말을 바꿔 헷갈리게 하는지 화를 냈다. 그러다 나는 나대로 바보와 결혼한 것은 아닌지 헷갈렸고, 남편은 남편대로 폭발하기 일보 직전이었다.

상담사 선생님이 말을 꺼냈다.

"큰 범주에서 하는 얘기인데요. 사람 성향에는 J타입과 P타입이라는 것이 있어요."

그리고 이렇게 말을 끝냈다.

"지수 씨는 똑부러져서 작은 것 하나까지 꼼꼼하게 챙기나 봐요. 성민 씨는 술에 술 탄 듯 물에 물 탄 듯 좋은 게 좋은 것 같구요. 큰 틀만 정해놓은 상태에서 즉흥적으로 해나가는 게 좋으신 거죠. 대신 지수 씨는 융통성이 없어요. 성민 씨는 차일피일 미루시구요. 사람이 서로 이렇게나 다르답니다."

그날 받은 상담의 요지는 가능성이었다. 나는 열린 가능성을 불안해한다. 모든 것이 딱딱 정해진 순서대로 흐르는 게 좋다. 반면 남편은 더 많은 선택지를 검토하는 쪽을 선호한다. 지금 당장 결정을 해야 다음 단계가 진행되는 사람과 변수를 감안해 그때 가서 결정하자는 사람이 결혼을 하겠다고 앉았으니 싸움이 나는 것은 당연지사였다.

"그때 봐야 결정할 수 있다니. 그럼 나는 그때까지 아무것도 하지 말고 기다리라는 건가. 어쩜 그렇게 자기중심적이야?"

"그때 가서 어떻게 될 줄 알고 지금 픽스시켜?"

"그렇게 치면 이 세상에 아무 일도 픽스 못 해. 일단 결정해놔야 상황에 따라 맞춰도 맞추는 거지."

이런 대화를 오만 번쯤 하고 결혼식을 강행했다. 어느 날은 남편이 정리해놓고 나간 모양새가 마음에 들지 않아 혼자 치우다 화가 치밀었다. 대체 왜 우리가 합의한 방식대로 정리를 하지 않는 걸까. 나는 남편에게 어렵지도 않은 요구를 왜 잊는지 따졌고, 남편은 나에게 인생을 왜 피곤하게 사냐고 하소연했다. 그러다 그가 그랬다.

"솔직히 네가 그냥 집안일 안 했으면 좋겠어."

본인이 다 알아서 할 테니 집안일에서 손을 떼줬으면 좋겠단다. 그런데 그게 바로 내가 하려던 말이었다. 나는 당신이야말로 어설프게 하지 말고 부탁하는 거나 제대로 하라고 했다. 지금은 둘 중 누구도 집안일에서 손을 떼지 못한 채 팀워크를 배워가는 중이다. 유감스럽게도 새로 태어나지 않는 한 분쟁은 영원히 지속될 것 같다. 다른 부부들도 같은 싸움을 하는지 궁금해하며 그때그때 전략을 수정하고 있다.

우리는 여전히 화내고 싸우며 울고 침묵한다. 그리고 1시간쯤 있다가 떡볶이를 먹으며 화해한다. 각자 속으로만 생각할 뿐이다.

'내가 이번 한 번만 넘어가준다.'

예측 불가 포비아

내가 가장 좋아하는 게임은 EA사의 '심즈 시리즈'다. 심즈는 말하자면 인형놀이의 확장판이다. 몬스터와 싸워서 이기는 게임도 아니고 경주에서 남들보다 빨라야 하는 게임도 아니다. 긴장을 유발하는 게임을 나는 견디지 못한다.

심즈는 평화롭다. 마을 안에 미니 인간인 심이 있는데 나는 그를 먹이고 입히고 재운다. 또 학교나 직장에 보내기도 하고 출산과 육아를 하기도 한다. 돈을 많이 벌어 이사를 가기도 하고 바람을 피워 애인에게 따귀를 맞기도 한다. 초등학생 때 친구네 집에서 해보고 나서 다 자란 지금까지도 좋아한다. 정해진 룰이 없는 게임이라 플레이 방법도 다양하다.

나는 우선 '자유의지'를 다 꺼놓고 시작한다. 자유의지란 심들이 플레이어의 컨트롤 없이 얼마나 자유롭게 움직일지를 결정하는 옵션이다. 자유의지를 높게 설정해두면 시키지 않아도 심들이 알아서 움직인다. 혼자 밥을 차려 먹기도 하고, 친구에게 전화를 걸기도 하면서. 반대로 자유의지를 꺼두면 심들은 혼자서는 아무것도 하지 못한다. 내가 명령을 입력하기 전까지는 그냥 허공을 보고 서 있다. 계획한 대로 움직이는 미니 인간들을 보는 일은 짜릿하다. 이것이 통제광의 플레이 방법이다.

모든 동작이 일정 범위에서 이루어지는 미니 인간들은 복잡하고 개성적인 현실의 인간들보다 덜 부담스럽다. 타인의 고유함은 아름답고도 피곤하다. 그 탱탱볼 같은 탄력성이 원하는 방향으로 튀어주지 않기 때문이다. 나는 긴장을 유발하는 모든 것이 피로하다. 그래서 어느 정도 행동반경이 가늠되는 친구들은 덜 피로하고, 어떤 생각으로 사는지 종잡을 수 없는 사람들은 많이 피로하다.

낯선 사람과의 대화는 마치 여행 같다. 자아 찾기가 한창 열풍이던 때에 나도 한 번 동참해보려고 여행을 계획하다 관뒀다. 여행지에서 일어날 만한 모든 경우의 수를 예측하여 대비하기란 불가능했다. 그래서 오랜 해외생활이 무색하게도 아직 혼자 항공권을 예매할 줄 모른다. 자발적으로 어딜 가고 싶었던 적이 없었기 때문이다. 가족이나 학교 내지는 남편을 따라 못 이기는 척 따라갔던 여행이 전부였다.

여행은 안 가면 그만이지만 사람은 안 만날 수 없다. 사람에게는 타인이 필요하다. 매일매일 굴러가는 일상 속에 똑같은 사람들과 교류하던 서울의 삶. 이 모두를 뒤로하고 미국에 왔을 때 내 인생은 몇 곱절 복잡해졌다. 친구를 만들자니 괴롭고, 안 만들자니 외로웠다. 그래서 마침내 여행 일정을 짜듯이 색다른 계획을 세웠다. 게임에서처럼 남들의 자유의지를 제어할 수 없다면 그들의 대화 반경을 어림짐작해보겠다는 마음이었다.

흡사 면접 준비와 비슷했다. 예상 질문과 예상 답변을 외우기만 하면 된다. 나는 아무런 준비 없이 사람을 만난 적이 없었다. 그래서 어떤 사람들이 빈 마음으로 사람을 만나기도 한다는 것을 알고 크나큰 충격을 받았다.

내 친구 에리얼은 사람에게 궁금한 게 너무 많다고 했다. 또 다른 친구 글로리아는 다른 이의 이야기를 듣는 것이 삶의 가장 큰 즐거움 중 하나라고 했다. 나의 짝궁인 남편은 그냥 일단 만나면 할 얘기가 생긴다고 했다. 그러나 나는 절대 못 한다. 대략적인 시나리오 없이는 상대의 질문에 뭐라 답해야 할지 몰라 침묵만 지키게 된다. 이렇게 예상치 못한 통제 밖의 상황에 당황하지 않으려면 시나리오를 짜야 한다. 물론 머릿속으로 연습도 필요하다.

파티하러 가는 길에 나는 만반의 준비가 되어 있었다. 내가 받게 될 예상 질문은 "미국에 온 지 얼마나 됐어요?", "학교는 어때요?", "다시 한국으로 갈 건가요?", "앨라배마는 살기 어떤 것 같아요?", "추천할 만한 한식당이 있나요?" 등이었다. 내가 준비한 질문으로는 "앨라배마 출신이신가요?", "여긴 원래 비가 많이 오나요?", "여행 좋아하세요?", "한국 드라마나 케이팝 좋아하세요?" 등이 있었다.

그러나 내가 파티에서 들은 첫마디는 전혀 의외의 말이었다.

"한국인이라고요? 나 흑석동에 살았었는데!"

나는 완전히 당황하고 말았다. 이건 예상에 없었던 일이다. 당시만 해도 한국에 살았던 누군가를 미국에서 만날 거라고는 생각하지 못했다. 게다가 나는 흑석동이 어딘지도 몰랐다. 나는 아는 곳만 다니던 우물 안 개구리였으니까.

"어… 거기가 어디죠?"

"서울이요!"

"아, 그… 서울 어디죠?"

내가 물은 것은 흑석동이 무슨 구에 속하냐는 뜻이었다. 몇 가지 구를 제외하면 아는 데가 없었음에도 말이다. 랜드마크를 얘기해줄 수도 있었을 텐데. 중앙대 쪽이라고 했으면 나는 바로 알아들었다. 그러나 감이 없었던 상대는 또다시 예상치 못한 답변을 내놓았다.

"강이 있구요. 아파트가 많은 곳이에요."

하지만… 한강은 서울을 가로지른다. 그리고 어디를 가나 아파트 천지다. 나는 상대를 무안하게 하고 싶지는 않았다. 그렇지만 달리 이어갈 말이 없었다. '얼마나 살았냐고 물을걸!' 하고 생각한 것은 잠자리에 들고 난 다음이었으니까. 나는 이 대화는 망했다고 생각하며 다시 한번 물었다.

"강과 아파트 말고 혹시 또 뭐가 있을까요?"

이미 대화는 걷잡을 수 없었다. 상대의 대답에 짐작은 커녕 아무 수비도 못 하는 상황. 점점 어색해지는 대화 끝에 나는 어물쩍 자리를 뜨는 상대를 보며 그냥 앉아 있었다. 왁자지껄한 가운데 혼자 앉아 있자니 어색했다.

그렇다고 삼삼오오 이야기하는 사람들 속에 불쑥 끼어 들자니 그것도 이상했다. 취해가는 사람들 사이에서 운전을 해야 한다고 홀로 제로콜라를 쥐고 있는 손도 마찬가지였다. 아무랑도 얘기하고 있지 않은데 혼자 생글생글 웃는 것이 쉽지 않았다. 광대가 제멋대로 파르르 떨리고 있었다. 나의 모든 것이 다 어색했다. 남들은 도대체 무슨 얘기를 하길래 저렇게 재미있을까? 나는 그저 상상 속에서만 사교계의 나비였던 것이다.

돌연 집에 가고 싶었다. 관심받지 못하는 사람처럼 보이는 일은 슬펐지만 딱히 작별인사를 할 만한 사람도 없었다. 주최자는 어디로 사라졌는지 보이지도 않았다. 멋쩍게 파티 장소를 빠져나와 집으로 향하는 길에 우울해졌다. 이럴 시간에 심즈나 할 것을. 나는 그저 모든 것을 마음대로 조종할 수 있는 작은 세상으로 들어가고 싶었다. 심즈의 세상에서 나는 '인기 야망'을 달성하기 위해 일주일에 세 번 파티를 하는 파티광이다. 그리고 그 심은 오로지 내가 대화를 시킬 때만 대화를 할 뿐이다. '친밀하게 대하기'를 누르면 친밀하게 대하고, '농담하기'

를 누르면 농담을 한다. 대체 왜 인생은 심즈가 아닐까. 왜 아니어서 이토록 괴롭게 할까?

'몸' 이라는 언어

"나는 가위 눌려본 적 없는데. 그게 그렇게 힘들어?"

그의 말에 나는 약간 충격을 받았다. 세상에 가위 한 번 눌리지 않고 살아가는 사람도 있구나. 억울해졌다. 솔직히 말하면 나는 아직도 그때 이문동 이층집에서 귀신과 함께 살았다고 믿는다. 초자연현상을 믿지 않는 내가 밤마다 찾아와 못살게 구는 여자를 설명할 길은 그것밖에 없었다.

함께 살던 동생이 군대에 가버린 이후 나는 원래 쓰던 작은 방에서 지냈다. 막상 동생 방을 차지하려니 영 남의 방처럼 찜찜해서였다. 내 방은 야외로 직접 난 창문이 없었다. 하나 있는 창문마저 베란다로 통해서 전반적으로 해가 전혀 들지 않았다. 그래서 이 모든 괴로움을 방에 음기가 강한 탓으로 돌리곤 했다. 그게 아니고서야 웬 음침한 여자가 밤마다 몸을 올라탄단 말인가. 도대체 스멀스멀 올라오는 배수구 머리카락들은 다 무어란 말인가. 이때의 트라우마로 나는 아직도 화장실 머리카락을 치우지 못한다. 원래도 역겨운 일이었지만 이후로는 공포심에 가까웠다. 물론 음기나 귀신으로 종결되는 나의 생각과 신경과의사의 소견은 달랐다.

"그냥 신체 반응이에요. 요즘 스트레스가 좀 심하신가? 약 드시면 바로 괜찮아지실 거예요."

자연스러운 신체 반응이라는 것이 의학적이고 합리적인 설명이긴 하다. 하지만 몸이란 정직해서 귀신이라곤 눈 씻고 찾아봐도 없을 것 같은 집에 살면서도 종종 비명을 지른다. 가끔은 걱정이 없는 날도 그렇다. 그러니 내가 억울한 부분은 신체가 반응하는 '자극' 자체가 아니라 내 신체가 반응하는 자극의 '정도'이다. 도대체 얼마나 부실 설계된 신체이길래 누구나 겪는 현대사회의 스트레스에 이리도 허무하게 무너지나.

내가 겪는 신체적 괴로움을 생소해하는 사람이 처음은 아니다. 나는 잠을 늦게 잔다거나 야외활동을 하면 다음 날 으레 사타구니가 아팠다. 그것이 피로로 인해 생긴 염증반응이라는 사실은 어른이 되고서야 안 일. 어릴 때야 "나 가랑이 아파" 하면 엄마가 "아이고, 또 가래톳 섰구나" 해서 그냥 그런 줄로만 알았다. 사타구니가 욱신거리는 고통을 가래톳이 섰다고 하는 모양이었다. 초등학교 때 피구를 한 다음 날에도 어김없이 가래톳이 섰다. 학교에서 제대로 걸을 수조차 없었다. 친구가 물어오길래 어제 피구를 해서 가래톳이 섰다고 말했다.

"가래? 가래 토했다고? 너 목 아파?"

옛날 말이라 모르나 보다 싶어 나는 더 열심히 설명했다. 친구는 살면서 그런 경험이 한 번도 없었다고 했다. 걔가 서른 살이 된 지금도 가래톳이 서는 고통을 모르고 살고 있을지는 아직 의문이다. 다만 나의 림프절은 대체 어떻게 만들어졌길래 어릴 때부터 꾸준히 존재감을 드러내고 있는지 억울해질 뿐이다.

이 림프절 때문에라도 버스와 비행기를 덜 탔어야 하는 건데. 중국에서 한국 대학입시를 치느라 대련과 서울을 오갈 때는 그나마 나았다. 대련에서 서울은 고작 1시간짜리 비행이었으니까. 다른 지역에 사는 부모님을 보러 3시간 반짜리 고속버스를 탈 때는 힘들었다. 신혼여행을 갈 때는 아예 비행기에서 울었다. 그냥 욕심부리지 말고 하루 자고 출발할 것을 그랬다. 당일 결혼식에 숍과 한복집까지. 곧장 새벽 비행기를 타는 일정에 체력이 몇 배는 좋은 새신랑도 피곤해했다. 더 이상 다리의 감각이 느껴지지 않은 것은 필리핀으로 가는 하늘 위에서였다. 혈액순환이 전혀 되지 않아 허리 아래가 뚝 잘린 것 같았다. 배우자가 열심히 다리를 주물러 의무를 다했지만 이게 누구 다리인지 모를 뭉툭한 압박감만이 남아 있었다.

그러니 15시간의 미국행 비행기는… 흡사 지옥과도 같았다. 친구들과 함께한 여행지에서 부종과 통증을 호소하자 간호사 친구가 냅다 다리를 만지더니 한마디 내뱉었다.

"어머."

"뭔가요."

"거의 환자 수준으로 부었는데?"

"어떡해야 하나요."

"계속 이러면 병원에 가는 게 좋겠어. 일단 밤마다 림프마사지 좀 해봐."

병원이라…. 이 부종이 영원처럼 지속되던 몇 주간 나는 신장약을 먹었다. 초등학생 땐 목 림프절에 문제가 생겨 입원한 적도 있었다. 마사지는 지금도 매일 밤 하고 있다. 그러니 나에겐 이 정도의 돌봄이 최선이다.

림프절만큼 자기주장이 강한 녀석이 또 있다. 바로 눈물샘이다. 2주에 한 번꼴로 다래끼를 달고 사는 나는 나름의 매뉴얼이 있다. 눈을 깜빡일 때 눈꺼풀에 욱신거림이 느껴진다면 100프로다. 다래끼는 곧장 항생제를 먹고 뜨겁게 찜질해야 한다. 어중간하게 시기를 놓치면 터지지 못한 고름을 째야 할 수도 있기 때문이다. 그것만은 정말 피하고 싶다. 사랑니를 빼면서도 울지 않는 내가 다래끼를 짼 때만은 운다. 살에 칼을 대는 고통 앞에 장사는 없다. 그러나 어떤 사람에게는 다래끼가 그렇게 자주 일어나는 일이 아니라는 것을 알았다. 눈꺼풀에 핫팩을 대고 있는 나를 보고 대학 동기가 소스라친 것이다.

"너 병원 가야 되는 거 아니야?"

"아냐, 그냥 다래끼야. 맨날 이래. 금방 괜찮아져."

"맨날 그런다고? 나는 한 번도 다래끼 나본 적 없는데…."

여기까지 조합한 결과 나는 내 면역력이 개똥이라는 결론을 내렸다. 그 밖의 잔고장으로는 평발이라 일찌감치 틀어진 허리와 무릎, 공부하는 학생의 숙명이라는 손목 염좌, 출판사에서 일하다 얻은 경미한 천식이 있다. 그러니까 일하는 사람이 1명도 아닌데 어째서 나만 없던 천식이 생기나. 그럴 수 있는 건가.

“예, 그럴 수 있어요. 먼지가 많은 곳, 예를 들면 의류 매장, 서점, 도서관 같은 데요. 이런 데서 일을 하시다 보면 원래 기관지가 좀 약했던 분들은 천식으로 이어질 수 있어요. 직업을 바꾸실 게 아니라면 앞으로는 쭉 약을 드셔야 하는 거죠.”

의사 선생님이 설명했다. 이러니 내가 억울하지 않을 수 있겠는가. 나는 건강에 매우 신경을 쓰는 편이다. 1시간마다 일어나 가벼운 스트레칭을 하고, 하루 30분 정도 요가나 걷기 운동을 한다. 일주일에 두세 번은 필라테스로 근력 운동에도 힘을 쏟는다. 입맛이 건강한 편이라 패스트푸드나 밀가루는 되도록 피하고 있다. 달콤한 디저트는 별로 좋아하지 않는다. 또 이 험난한 세상에 유리 멘탈을 지켜야 하니 학생상담센터에서 따로 검사도 받는다. 그런데 어째서 나는 남들에게 일어나지 않는 일들을 그것도 여러 번 겪고 있는 것일까. 괴롭지 않은 날은 잘 없다. 가위눌림과 다리부종, 서혜부와 겨드랑이, 목 림프절, 눈꺼풀까지 아예 뭐가 없는 날은 거의 없는 것이다. 돈을 넣어 돌리는 가챠처럼 일단 붙은 숨이라고 하루에 하나는 반드시 걸린다.

나는 건강한 신체에 건강한 정신이 깃든다는 말을 좋아하지 않는다. 약자를 완벽하게 배제하는 말이라서다. 모두가 날 때부터 건강한 것도 아니고, 건강할 수 있는 조건이 공평하게 주어지는 것도 아니다. 하지만 예민한 신체와 정신의 상관관계는 다시 한번 생각해볼 만하다. 조금만 건드려도 탈이 나는 신체와 정신은 자아 안에서 어떤 식으로든 연결되어 있는 게 틀림없다.

어찌 보면 닭이냐 달걀이냐의 문제다. 세상만사가 그러하듯 예민함은 좋고도 나쁘다. 그리고 내 성취의 대부분은 이 예민함에서 온다. 첨예하게 갈려버린 정신은 아주 작은 것에도 민감하다. 정확하고 신속하다. 그러나 동시에… 피곤하다. 몸과 마음을 쉴 틈 없이 갈아버리니 남아나는 데가 없다. 욱신거리는 다래끼와 가위눌림으로 굳어진 목. 나는 오늘도 벌게진 눈을 하고 글을 쓴다. '인생은… 원래 피곤하다.'

파티퀸의 조건

생일에 친구들을 부르는 것이 괜찮을 거라 생각한 이유는 남의 생일파티에 가봤더니 나쁘지 않았기 때문이다. R의 생일파티에서도 S의 생일파티에서도 마찬가지였다. 생일을 맞은 주인공과는 친구지만 서로가 잘 모르는 사람들이 금세 다 같이 즐거워졌다. 물론 다른 파티에도 몇 번 가봤다. 친구네 집에서 열린 홈파티에는 더 많은 사람이 있었다. 하지만 맥주가 준비되어 있었던 탓에 어색하긴커녕 재밌기만 했다. 비록 나만 알고 서로는 모르는 이들이 모이겠지만 페퍼로니 피자와 남편만 있다면 무서울 것이 없었다.

함께 생일을 축하하기로 한 친구와 아침부터 열심히 풍선을 불었다. 남편은 아침 댓바람부터 김밥 공장처럼 김밥을 말았다. 돌이켜보면 꺄르르 웃으면서 생일을 준비하던 그때가 체력이 남아 있는 유일한 시간이었다. 우리의 생일파티는 시작도 전에 망하기 시작했으므로….

친구가 잠깐 단장을 하러 집에 돌아갔을 때, 약속 시간보다 30분 일찍 첫 손님이 왔다. 나는 안방 화장실에서 막 샤워를 마치고 물기를 닦으려던 참이었다. 누가 왔는지 고래고래 물으니 밖에서 남편이 다시 고래고래 답했다.

"플로르가 왔어!"

오 마이 갓. 그래도 생일인데 이런 몰골로 손님을 맞을 수는 없었다. 미안하지만 금방 나가겠다며 소리를 질러놓고 얼굴에 뭐라도 찍어 바르기 시작했다. 점점 과해지는 볼터치를 수습하면서 나는 거실에서 들려오는 그들의 대화를 엿들었다.

"김밥… 먹어봤어?"

"아… 예전에 젬마가 해줘서…."

침묵.

"먹어보니까 어땠어…? 김밥 맛있는 것 같아…?"

"맛있었어…. I like it…."

침묵.

결국 할 말이 떨어진 남편이 김밥 안의 재료를 읊기 시작했다. 나는 황급히 방에서 나왔다. 오 마이 갓. 밖으로 나가니까 1명이 더 있었다. 플로르의 동생. 예상치 못한 동반자는 큰 문제가 아니었다. 난관은 걔가 중학생이라는 사실이었다. 손님 중에 걔랑 놀 만한 또래는 없고, 최고령자는 30대 후반이다. 이 모임… 정말 괜찮을까?

1시간쯤 지난 후에 나는 아주 중대한 사실을 깨달았다. 기획단계에서 고려해야 했던 아주 엄청난 사실이었다. 내 친구들은 하나같이 내성적이다. 서로를 모르는 내향형 인간들끼리 한데 모아놓으면 파티는 성립될 수 없다. 또 즐거웠던 파티들을 돌이켜 보니 내가 간과한 부분이 있었다.

첫째, 최소 1명 이상의 분위기 메이커가 존재했다. 외향적인 이들은 사람을 좋아하고, 기본 텐션이 높으며, 외부에서 에너지를 충전한다. 사회적 체력이 다하기 전까지만 즐거울 수 있는 나와는 달리 뭐랄까. 끊임없이 스스로 동력을 공급받는 자가 발전소와 같다. 그러나 나의 손님들 중에는 대화를 주도하는 사람이 단 1명도 없었다. 그저 멀뚱멀뚱 앉아 김밥만 먹을 뿐이었다. '아이참, 친구들이 다 나 같으면 어떻게 한담?'

둘째, 나는 매시간 한 번 정도 화장실 타임을 필요로 했다. 오랫동안 즐기기 위해 고갈된 체력을 화장실에서 재충전해야 하기 때문이다. 나는 앞서 말한 부류들과 달리 색다른 방식으로만 충전된다. 사람들로부터 멀어져야 하는 것이다. 일단 화장실로 가면 문을 닫자마자 가면을 벗는다. 웃느라 지친 입꼬리를 풀고 심호흡을 해줘야 다시 놀러 갈 수 있다. 화장실은 아무도 모르는 나의 보조배터리인 셈. 나는 숨을 쉬러 화장실에 가고 싶었다. 하지만 호스트라 그럴 수가 없었다. 호스트는 분위기를 수습해야 한다. 어색하게 김밥만 먹는 손님들을 내버려두고 혼자 화장실로 사라져서는 안 된다.

그리고 셋째는… 세 번째가 가장 중요하다. 내가 눈치가 빠르고 세심하다는 것이다. 나는 원래가 행간을 잘 읽는다. 표정을 빠르게 캐치해 개떡같이 말해도 찰떡같이 알아듣는다. 자주 못 알아듣는 척하는 것은 일일이 피곤해지기 싫은 경우다. 나는 나의 이런 특성을 평안한 생활을 망치는 숙적처럼 여겨왔다. 가만히 있어도 얻어지는 정보가 많아서 한 번 피곤하고, 알고도 모른 척하느라 두 번 피곤하기 때문이다. 얘가 어색해하는 것 같아 대화를 하다가도 걔의 표정이 안 좋아지는 게 보이는 걸 어떡한담. 눈치가 빠르다는 자질과 최악의 조합을 이루는 속성이 있다면 바로 세심함일 것이다. 눈치가 자꾸만 나에게 반응할 것을 종용하며 불안감에 불을 지핀다면 세심함은 나의 말과 행동을 여러 번 돌아보게 한다.

그러면 마음속은 이내 전쟁터가 되어 다 포기한 채 잠이 들고 싶다. 사람이 많을수록 이런 기제가 발동되는 셈이니 내가 사람멀미를 하는 것도 무리는 아니다.

선물 증정식을 끝으로 나는 한계에 다다랐다. 팬미팅도 아니고 혼자 주인공 자리에 앉아 감동의 리액션을 해야 하다니. 고마운 마음은 진심이었지만 부끄러움은 참기 힘들었다. 사람들을 보내고 나서 소파 위에 뻗어버렸다. 기분이 썩 좋지는 않았다.

"아무래도 오늘… 망한 것 같지?"

그러자 사교성 대마왕인 남편이 대답했다.

"왜? 난 재밌었는데? 다들 즐거워하지 않았어?"

"그런 생각은 혹시 어떻게 하게 됐어?"

"음, 그냥 느낌적인 느낌?"

불필요하게 눈치를 살피지 않는 남편은 새 친구를 사귀느라 즐거웠던 모양이다.

"나는 안 즐거웠어. 내 생일인데 하나도 안 즐거웠다구…."

내년에는 이런 파티를 하지 않기로 한다. 남편이 너무 눈치가 없었던 것이든 내가 과하게 살피느라 즐기지 못했던 것이든. 어느 쪽으로든 나는 좋은 호스트가 아닌 것 같다. 내년 생일에는 괜한 짓 말고 집에서 미역국이나 먹어야겠다. 얌전하게.

소화되지 않는 하루

욕심을 부리긴 했다. 대학원을 준비하면서, 아르바이트를 하고, 글을 쓰면서 번역까지 했다. 그 와중에 친구를 만나고, 밥과 청소를 하고, 고양이 수발도 들었다. 그러다 병이 났다.

마음은 굴뚝 같은데 도저히 일어날 수 없었다. 타고난

만성질환자는 이쯤 되면 셀프 진단에 프로다. 이것은 적신호다. 열이 나는 것도 아니고 목이 따갑지도 않았다. 병이 느껴지는 구석은 요만큼도 없는데 침대를 벗어날 수 없는 것이다. 요즘은 그래도 지칠 때까지 스스로를 몰아붙이지 않는다. 대신 중간중간 적당히 컨디션 관리를 해준다. 내가 아프다곤 생각 안 한다. 그냥 체력이 앵꼬 난 거지. 그럴 땐 기름을 조금 부어주면 된다.

번역이나 살림 따위의 일은 큰 스트레스가 되지 않았다. 내향적인 나에게 가장 큰 이슈는 타인과의 커뮤니케이션. 한 학기 내내 신경이 끊이지 않았던 대학원 원서 접수가 이번 주면 끝이 난다. 마지막까지도 담당자들은 말이 다르고, 이메일에 답을 주지 않는 모양새다. 지지부진 이어지는 메일들은 그야말로 혼란의 포워딩 대잔치.

친구들은 또 어떻고. 나는 친구 사귀는 데 소질이 없는 편이었다. 그런데 1년 만에 알고 지내는 사람이 이렇게나 많아지다니. 타국에 마음 통하는 사람들이 있다는 사실이 좋았다. 유학생들끼리 도움을 주고받는 일도 잦아졌다. 한국에 있는 친구들은 절대 믿지 않을 이야기였다. 서로서로 빤한 유학생 처지에 도울 수 있는 만큼 돕고 싶었다.

그러다 미리 잡아놓은 약속들이 조금 부담스럽게 느껴지기 시작했다. 월요일 아침에는 결국 사람하고 아무 말도 섞기 싫은 지경이 되었다. 가족이고 친구고 다 부질없다. 나는 침묵의 시간이 필요하다. 전자기기마저 다 꺼놓은 채 완벽한 고요 속에 유영하는 시간이 절실하다. 한 마디도, 정말 단 한 마디도 나누고 싶지 않다. 비언어적 의사소통조차 하고 싶지 않다. 눈을 찡긋거리거나 손을 흔드는 것도 싫다. 나는 홀로 있는 세상을 원한다. 동거인이 있다는 사실이 원망스럽지 않을 수 없었다.

그런 생각을 하면서 비몽사몽 겨우 눈을 떴다. 오늘 수업엔 도저히 못 가겠다 싶은 순간에 살며시 눈을 뜨는 남편과 시선이 마주쳤다. 그때 나도 모르게 잠결에 마음의 소리가 나와버렸다.

"눈을 뜨고 가장 먼저 보는 게 오빠라니."

"정말 행복한 일이야."

“아이고. 오빠, 미안. 그 얘기가 아니야.”

하루 종일 잤다. 남편이 나가는 줄도 모르고 자다가 전날 먹다 남은 국을 데워 먹었다. 그래도 수업에 가려고 마음을 먹었는데 자꾸만 침대로 향하는 발걸음. ‘하루쯤 빠져도 출석엔 문제없겠지.’ 그렇게 병결 메일을 보내 놓고 침대에서 시간을 보냈다.

이럴 때 필요한 것은 백해무익한 영상이다. 유튜브 영상이나 한국 예능 같은. 때때로 배경으로써의 한국어가 필요할 때가 있다. 최대한 하루를 비생산적으로 보내고 싶을 때 좋은 방법은 적당한 거리감과 친밀감 속에 생각 없이 시간을 낭비하는 것이다.

고시텔에 살 때부터 그런 버릇이 생겼다. 사람 목소리가 사무치게 그리웠다. 창문도 없는 땅굴 같은 방에 쪼그리고 앉아 밥을 먹었다. 그리고 울지 않기 위해 TV를 틀었다. TV도 아니었다. 침대 한쪽에 노트북을 켜놓고 밥을 먹는 어정쩡한 자세였다. 사람을 만나기는 싫은데 목소리는 듣고 싶었다. 그러고 있으면 잠이 잘 왔다. 잠을 자는 것은 불안과 우울을 견디는 또 하나의 방법이었다. 그렇다. 그러고 있으면 잠이 잘 왔다. 나는 그들을 알고 그들은 나를 모르는, 그러니까 친밀감과 거리감이 완벽히 균형을 이루는 시간. 스타들을 따라 웃으며 배를 채웠더니 금세 다시 졸렸다.

일어나니 저녁 6시. 엄마한테 전화를 했다.

"어디 아프니?"

"그냥 하루 종일 잤어."

"아니, 어쩌다. 기운 없을라."

"기운은 있어. 중간중간 먹으면서 잤어."

"넌 어떻게 자다가 깨서 밥 챙겨 먹을 정신은 있니."

그랬더니 조금 기운이 나서 그럭저럭 생산적인 하루를 보냈다. 하루를 공친 탓에 일에 쫓기긴 했지만, 절대 후회는 없다. 꽁으로 버리는 하루는 꼭 필요하다.

내향주의자의 반란

"저기요."

길에서 누가 나를 불러서 좋았던 기억이 없다. 경험상 둘 중 하나다. 눈에 꼬시려는 의뭉스러움이 있거나 수상쩍을 정도로 티 없이 맑거나. 술을 곱게 마시고 돌아가지 못하는 취객들은 전자다. 길거리에서 번호를 묻던 남자들도 마찬가지다.

신도림역의 남자가 번호를 물었을 때 나는 직장이 있고 결혼할 남자도 있었다. 하지만 그는 둘 중 어느 것도 믿어주지 않았다. 마감이 코앞이라 후줄근한 티를 입고 외근을 다녀오던 길이었는데 그는 나의 옷차림과 시간대를 근거로 학생이 왜 거짓말이냐고 성을 냈다. 근무지가 탄로 날까 봐 명함을 보여주기 싫었던 나는 한참을 옥신각신하고 나서야 풀려났다. 가뭄에 콩 나듯이 귀여운 꼬심도 있으니 말을 정정하겠다. '꼬심'이 아니라 '악의'가 있는 사람이었다.

반면 학교 앞에 사는 7년 내내 기억도 못하는지 맨날 처음 보는 것처럼 찾아왔던 사이비 언니는 차라리 눈빛이 맑은 쪽에 속했다. 결국 시비가 붙어 소리를 지르게 만들었던 사람도 그런 부류였다. 신변을 걱정하게 된 지금은 그러지 않지만 나는 근본이 다혈질이다. 누구를 닮아 그러냐는 엄마에겐 조용히 검지를 들어 아빠를 가리켰다.

처음엔 나도 빠져나갈 핑계를 찾던 순진한 스무 살이었다. 별별 일을 다 겪다 보니 불도저로 성장했을 뿐이다. 번외로는 옷차림새를 지적하던 동네 할아버지와 성희롱을 일삼던 동네 변태 등이 있다. 이런 일들이 쌓이고 쌓여 나는 길거리의 누구에게도 친절하지 않은 싸가지 바가지가 되었다. 그런 와중에 친구랑 커피를 한잔 마시는데 누가 불렀다.

"저기요."

아, 여기는 미국이니까 정확히는 "익스큐즈 미"라고 했다. 본능적으로 눈에 쌍심지를 켜고 보니까 내 또래 여자 둘이 서 있었다. 어색한 미소에 믿기지 않는 선한 눈빛, 팀으로 몰려다니는 사람들. 미국에도 사이비가 있나. 그들은 토요일마다 카페에서 재미 삼아 모르는 사람들과 대화를 나눠보기로 했다고 한다. 얘기를 나누고 싶은데 혹시 합석해도 괜찮냐고. 한국인 친구와 나는 눈빛을 교환했다. '우리… 같은 생각을 하고 있구나?' 한편으로는 그런 생각도 들었다. '왠지… 미국인들이라면 충분히 할 법한 발상이다!'

어쩌면 그날 기분이 좋았는지도 모른다. 짧은 방학이 시작되었고, 마침 친구를 만나러 나왔고, 커피를 즐기고 있었으니까. 합석한 사람들은 나의 모국어와 문화에 대해 한마디도 물어보지 않았다. 그건 중요했다. 나는 미국인들 앞에서조차 아시아에서 온 한국인이었고, 한국인들 앞에서조차 외국 사는 한국인일 뿐이었으니까. 그래서 그들이 나라는 사람 자체에 관심을 가지자 신이 났던 것 같다. 그만 나도 모르게 휴대폰 번호를 알려주었다.

그리고 그날 저녁, 문자 하나를 받았다.

'이상하게 들릴 수 있지만 오늘 너무 재미있었어. 수요일 저녁에 우리 집에서 〈캐리비안의 해적〉 볼 건데 올래? 혹시 불편하면 거절해도 돼!'

나의 한국인 친구가 난색을 표했다. 하필이면 그날 중요한 일이 있어서 안 된다며. 그리고 따로 카톡이 왔다. 혼자서 괜찮겠냐고. 남편도 반대했다. 내가 하는 일에 반대라곤 없는 사람이 웬일로 내키지가 않는단다.

"처음 만난 사람 집을 어떻게 가? 인신매매범이라도 있을지 누가 아냐구. 너 혼자 가는 건 아닌 것 같아."

아, 하지만 너무나 간절했다! 외국에 아는 사람도 몇 없이 남편하고만 1년을 넘게 보냈다. 친구들과 피자를 먹으며 영화를 보는 저녁이 그리웠다. 별로 좋아하지도 않는 영화인데도 왠지 그날 보지 않으면 죽을 것 같았다.

도착한 아파트에 인신매매범은 없었다. 오직 '페퍼로니 피자'와 '잭 스패로우'만 있었다. 다음에는 바비큐집에서 만났다. 야외석에 앉아 미국적인 바비큐를 먹으며 각자의 연애에 대해 이야기했다. 그다음엔 동네 카페에서 만나 대화 없이 서로 과제를 했다. 또 그다음엔 함께 모여 영화 〈미나리〉를 봤다. 다음 주엔 부활절 계란을 색칠했고 그다음 주엔 보드게임을 하러 갔다. 이쯤 되면 우리, 친구라고 할 수 있겠다.

엄마가 그런 좋은 친구를 어디서 만났냐고 묻길래 답했다.

"카페에서 헌팅당했어."

나는 이 새로운 교제 방식을 일기에 적어놓았다. 언젠가 써먹을 날이 있을 것만 같았다. 그리고 그날은 생각보다 빨리 찾아왔다.

공식적인 새 학기의 첫 수업 날. 나는 집 책상에 앉아 스크린 속 칸칸이 들어찬 사람들을 보고 있었다. 전공수업이 전부 온라인으로 바뀐 것은 코로나 때문이 아니다. 이미 교사로 일하는 사람들이 수강생의 대다수라 직장인들에게 적합한 환경을 만들고자 바뀐 것이었다. 이처럼 자유로운 수업을 다른 나라에서 온 나는 어떻게 받아들여야 할까. 현장 강의를 한 번밖에 듣지 못한 나는 어디서 친구를 사귀어야 할까. 하지만 다른 사람들은 새 친구를 사귈 필요성을 느끼지 못하는 것 같았다. 아는 사람은 초중고 동창들과 대학 동기들, 직장 동료와 이웃들까지 얼마든지 넘쳐나니까. 그래도 학우는 필요했다. 가끔 불러 세워 과제를 물어볼 사람, 교수님의 자비 없음을 같이 흉볼 사람, 미참석한 웨비나의 노트를 공유할 사람 말이다. 내가 직접 찾아 나서지 않으면 그런 사람은 생기지 않을 것 같았다.

'그래, 나도 헌팅을 하자!'

어느 날 낯익은 친구가 화상 수업 귀퉁이에 나타났다.

이전에도 수업을 몇 번 같이 들은 기억이 있었다. 나는 온라인 수강생 목록에서 친구의 이름을 찾아 이메일을 보냈다. 이메일 내용은 아래와 같다.

'K에게.

나는 젬마라고 해. 우리 512 수업 같이 듣거든. 예전에 다른 수업도 들었는데 기억이 안 나네. 나는 국제학생인데 그동안 온라인으로만 수업을 듣느라 고충이 많았어. 아는 사람도 없고 물어볼 데도 없고…. 아까 자기소개할 때 들었는데 본격적인 석사 과정은 이제 시작이라고 했지? 모르는 거 있으면 나한테 문자해. 이거 내 번호야. 나도 수업 관련해 물어볼 게 있으면 연락해도 될까? 우리 친구 할래?'

우리는 그렇게 번호를 교환하고 주말 내내 문자를 했다. 동네 주민이라는 사실을 안 다음에는 근처 커피숍에서 다시 만났다. 과제를 물어보기도 하고, 깎인 점수에 대해 불평하기도 했다. 다음에는 그 친구가 베트남 사람이라는 사실을 알게 되어 함께 쌀국수를 먹으러 갔다. 평소엔 몰라서 못 먹었던 오일도 그 아이 덕분에 알게 되었다. 거기엔 서로의 남편과 남자친구도 따라 나왔다.

2차로는 스타벅스에 갔는데 두 남자의 취향이 똑같았다. 갑자기 흥분해서는 영어와 한국어로 영화 이야기를 나누었다. 나는 친구와 못 말리겠다는 눈빛을 주고받았다. 그리고 이번 학기가 끝나면 넷이서 맥주를 마시기로 했다. 이 지루한 동네에도 괜찮은 데가 있기는 있다고.

그날 나는 일기장에 내용을 추가했다. 올바른 의도만 있다면 헌팅은 나쁘지 않은 방법인지도 모른다고 말이다. 평소보다 경계를 삼엄히 해도 이상하지 않을 타국살이지만 그럴 때일수록 조금 허물어야 다른 삶이 보이는 것은 아닐런지. 나는 이제 동네에 친구가 있다. 심심하면 언제든 커피를 마시자고 불러낼 수 있는 누군가가.

슬픔을 허락하는 태도

유성실 씨의 부모는 오랜만에 본 나에게 새집을 자랑하고 싶어 했다. 나를 붙들고 이 방 저 방 데리고 다니면서 열을 냈다.

"봐라, 여기서 이렇게 수락산이 한눈에 보인다."

유성실 씨의 아버지는 산에서 손을 흔들면 집에서 볼

수 있다고 들떠 있었다. 말도 안 되는 이야기였다. 가끔 유성실 씨와 산 밑 단골 식당에 가면 우르르 몰려오던 하산 인파가 떠올랐다. 대체 어른들에게 산이란 무엇일까.

나도 함께 산을 오르던 사람이 있었다. 나는 부모님이 집을 비우시면 절반은 학교에서, 나머지 절반은 할아버지와 시간을 보냈다. 어쨌든 싫은 소리 없이 잘 놀아주었으므로 나에게는 좋은 할아버지였다.

나는 친구들과 노는 것을 별로 즐거워하지 않았다. 그래서 하교 후에 주로 할아버지와 돈가스를 시켜 먹으며 만화영화를 봤다. 그러다 되풀이되는 화면에 머리가 아파지면 할아버지가 "산에나 갈끄나" 하고 물었다. 큰마음을 먹어야 할 정도로 높은 산은 아니어서 나는 곧잘 따라나섰다. 그런데 무슨 얘기를 하며 걸었는지 도통 생각이 나지 않는다. 그저 바깥바람에 콧물이 나오면 맨손에 코를 풀라고 하셨던 기억만 난다.

혼자 움직이기 힘든 어린 시절의 나에게 할아버지는 주요 이동 수단이었다. 유치원이 끝나는 시간에 맞춰 차로 데리러 오던 것도 할아버지고, 자전거로 피아노 학원까지 데려다주던 사람도 할아버지다. 귀향길에 내가 차멀미를 하는 동안 운전을 한 것도 할아버지, 어디 산골짜기 절에 갈 때 차를 몬 것도 할아버지다. 그가 더는 걸을 수 없어 차를 처분했을 때 나는 가슴이 철렁했다.

그런데 지난주 할아버지가 돌아가셨다는 소식을 들었다. 장례식이라도 참석할 수 있을까 싶어 코로나 시국에 16시간을 비행해서 한국에 왔다. 하지만 일이 뜻대로 풀리지 않아 할아버지의 장례식은 내가 본가에서 격리를 하는 동안 이루어졌다. 그사이 나는 여름학기 과제를 마무리했고, 30분 동안 실내 자전거를 탔고, 아이유가 나오는 드라마를 보았다. 엄마가 돌아와서 그랬다. 한 줌 재라는 말이 그렇게 서글플 수가 없었다고. 격리가 끝나고 찾은 납골당에서 할머니는 거구의 노인이 어떻게 항아리 하나에 고스란히 들어갈 수 있냐며 가슴을 치며 울었다.

반면 나는 16시간의 비행 동안 많은 것을 받아들였다. 예감했던 상실 앞에 무리해서라도 귀국하는 일 자체가 애도였기 때문이다. 할아버지가 위독해서 한국에 가야 할지도 모른다는 얘기를 하자 가르치고 있던 5학년 아이가 물었다.

"어디가 아픈데요?"

"여기저기 많이 아프셔."

"왜요? 병이 뭔데요? 죽을 만큼 아픈 병이에요?"

"꼭 그것 때문만은 아니야. 사람이 영원히 살 수는 없는 거야."

나는 인천행 비행기를 타기 직전 했던 카운슬링에서도 같은 이야기를 했다. 마음이 어떤지 묻는 상담사의 질문에 대답했다.

"저는 제 위치에서 최선을 다할 뿐이에요. 사람이 영원히 살 수는 없어요. 어쩔 수 없잖아요."

아주 어릴 적부터 상상했다. 지구상의 모든 사람이 늙지도 죽지도 않는 영원한 세상을. 좋아하는 사람들이 계속 곁에 있어주기를 바랐기 때문이다. 하지만 그럴 수는 없는 법이었다.

할머니가 자기도 데려가라고 주저앉아 울 때 나는 같이 오지 못한 배우자를 떠올렸다. 3년째 같이 살고 있는 남편 유성실 씨를 말이다. 유난히 튼튼한 그의 허벅지와 두꺼운 팔뚝이 생각났다. 내가 열지 못하는 병뚜껑을 따주거나, 침대를 번쩍 들어 옮기는 모습, 운전 같은 돌발상황에서 발휘되는 반사신경도. 그리고 앞날을 상상했다. 점점 흐물흐물해질 근육과 언젠가는 잃어버릴 악력, 먼 미래에 관둬야 할 운전 따위를. 나는 원래 이런 상상을 자주 한다. 그럴 때마다 말할 수 없이 무력해진다. 내가 할 수 있는 일이라고는 고작 먼저 죽지 말라는 문자를 보내 긍정의 대답을 받는 일뿐이다. 마음을 추스르는 동안 주위에서 가장 많이 들은 말은 하나였다.

"좋은 곳으로 가셨을 거야."

모든 이의 말과 마음을 감사히 받았다. 하지만 할아버지가 어딘가로 가셨다고 생각하진 않는다. 생을 마감한다는 것은 영혼의 이동이 아닌 소멸이기에 그렇다. 그런 믿음이 오히려 나를 기운 차리게 한다. 소멸은 모든 이에게 공평하기 때문이다.

나는 죽은 후에 기쁨과 행복을 맛보고 싶은 것이 아니다. 아무것도 안 느끼는 비존재가 되고 싶다. 언젠가 할머니가 얘기했던 번뇌에 대해 잠시 생각한다. 역시 절에 다닐 것을 그랬나 싶다가도 교회에 다니는 유성실 씨 가족을 떠올린다. 가끔 유년기가 그리워져 절에 한번 가자고 하면 유성실 씨는 복잡미묘한 표정을 짓는다. 자기는 아무렇지 않게 나더러 교회에 오라고 했으면서. 웃기는 사람이다. 그러면 나는 역시 아무것도 하지 말자고 생각한다. 그냥 눈을 감고 어릴 때 절에서 봤던 그림들을 가만히 생각한다. 모든 것이 피로하다. 다시는 인간으로 태어나기 싫다.

카운슬러는 애도에 관한 자료를 보내주면서 할아버지를 생각해보라고 했다. 문득 장례식에 오기 위해 자가격리를 할 때 보건소에서 받은 구호물품 한 박스가 생각났다. 거기에 카스텔라가 있었다. 유성실 씨에게 갖다 준다는 명목으로 캐리어에 챙겨 넣었던 것이다. 미음만 드시게 되기 이전에 카스텔라는 할아버지가 가장 좋아하는 과자였다. 솔직히 센베와 우열을 가리기는 힘들지만 카스테라였던 것으로 하겠다. 그리고 이 카스텔라는 그리움만큼 혼자 다 먹어야겠다. 어쩌면 미국으로 돌아가 유성실 씨에게 등산을 청할지도 모르겠다. 함께 산에 가자고.

그 여자의 속사정

2015년 여름. 우리 둘은 샌들을 신은 채 카스를 한 캔 들고 계단에 앉아 있었다. 꽤 늦은 밤이었는데도 사람이 많았다. 그맘때 우리를 괴롭혔던 것은 타인의 오해였으므로 그런 비슷한 얘기를 나누고 있었던 같다. 나는 아메리카노를 마시고 남은 얼음을 사정없이 깨물어 먹었다. 차갑고 뾰족한 얼음조각이 입안을 휘저으니 속이 시원했다. 그 아이와 나는 여러모로 비슷하고 여러모로 달랐다. 친구는 적극적으로 오해를 풀고자 했다. 찰나의 면모를 가지고 전체를 판단하는 것이 얼마나 불유쾌한가. 항변하는 사람은 오늘도 진실을 증명하다 오는 길이었다.

"아, 너무 피곤해."

친구가 맥주를 마시며 말했다. 그러게 피곤할 짓을 왜 하냐고 물은 것은 오해를 오해로 내버려두는 사람의 대답이었다. 열 길 물속은 알아도 한 길 사람 속은 모른다고 어차피 남의 속을 영영 알 수는 없지 않은가. 나는 남을 이해하고 싶지도 이해받고 싶지도 않았다. 사실 찰나의 진실도 그 순간만큼은 진실이었을 테니. 누군가 나에 대해 이러쿵저러쿵 말하면 나는 "그래 보이나 보다" 하고 넘어가는 편이었다. 그런 얘기를 들은 친구가 자존감이 낮은 게 아니냐고 했다. 하지만 반대로 나는 쿨병에 걸렸었다고 생각하는 쪽이다.

'걸렸었다'고 표현한 것은 그때보다 조금 더 오해를

풀고자 하는 사람이 되었기 때문이다. 서로를 영영 이해할 수 없다는 믿음은 비관적이게도 전과 다름이 없다. 다만 한번 받은 오해를 놔두면 편견이 되는 것 같았다. 그리고 그건 너무 불편한 일이었다. 어쩌다 컨디션이 좋아서 주량보다 더 마시면 다음부터 자꾸만 술을 권유받는 일이 생겼다. 국제학생센터에서 짧은 중국어로 누군가를 도와주면 다음부터 중국어를 잘하는 줄 알고 계속 통역을 부탁해왔다. 불면증 때문에 오후만 커피를 마시지 않았을 뿐인데 이후부터 아예 커피를 권하지 않는 일도 생겼다. 자꾸 설명해야 할 일만 늘어갔다.

이게 다 사람을 좋아해서 그렇다. 2015년의 나는 자존감이 낮다거나 쿨병에 걸렸던 게 아니다. 그맘때의 나는 친구가 별로 없었다. 혼자 있는 것을 좋아하고 내성적인 성격 탓에 딱히 친구가 많지 않았다. 그나마 친하게 지냈던 친구들도 유학과 취업을 이유로 다들 멀리서 혼자만의 시간을 갖고 있었다. 나는 새로운 사람을 만나는 게 힘들었지만 그냥저냥 잘 지내고 있었다. 누구를 만나도 오래 볼 사이가 아니었으니까 오해하면 오해하는 대로 두어도 아무 일이 일어나지 않았다.

그리고 여기 이곳에 또 다른 오해를 받는 내가 있다.

“나는 네가 좀 외향적이라고 생각했는데.”

“아니거든…!”

나는 흘겨보며 R에게 말했다. 어쩌다 보니 살면서 가장 많은 친구를 갖게 된 시기였다. 비자 문제로 어쩌고저쩌고하다 깨달았다. 슈퍼바이저에게 “이제 내 삶이 여기 있는데”라고 말하는 순간 나는 정말 여기 있었다. 친구들과 나는 아마 멀어졌다 가까워졌다를 반복하며 띄엄띄엄 사랑을 할 것이다. 영영 이해할 수 없음에도 조금 더 이해하고 조금 더 이해받으며. 이 욕망을 거세하지 않는 한 오해에 관한 괴로움은 계속될 것만 같다.

학교 튜터링센터에서 만나는 학생들은 내가 아주 사교적인 사람인 줄 안다. 아니라고 손사래를 쳐도 믿어주지 않는다. 하지만 그들은 회화 수업을 위해 사전에 준비한 나의 질문 리스트의 존재를 모른다. 그것까지가 나의 직업정신인 것도 잘 모른다. 그들에게 영어 대답을 최대한 끌어내고 내가 돈을 받는다는 사실조차 자주 잊는다. 무엇보다 꺼진 화상 화면 뒤로 기가 빨릴 대로 빨려 동굴로 사라지는 나를 못 본다. 사랑하는 나의 친구는 어디 가자고 할 때마다 내가 사양 않고 참석한다는 점과 어려워하지 않고 남의 말을 잘 받아준다는 점을 들어 나의 외향성을 짐작하기도 한다. 하지만 안타깝게도 아는 이 하나 없는 낯선 나라에서 있지도 않은 사교성을 300프로 발휘해야만 했던 속사정은 모른다. 내성적인 사람이 고립되기 싫어 쳤던 몸부림이라는 것을, 레퍼런스로 삼은 스몰토크를 매번 되풀이해 써먹고 있다는 것을 알 리 없다. 이 많은 이야기를 다 전하지 못해 나는 그저 못을 박을 뿐이다.

"친구야, 외향적인 건 내가 아니라 너야…. 내가 대답을 잘하는 건 네가 끊임없이 질문해주기 때문이잖아. 내가 하나를 말하면 네가 3개를 묻잖아. 물론 나는 너의 그런 점을 좋아해. 나를 더 궁금해해 주렴."

그때는 몰랐던 것들

1년 반 만에 한국에 가게 되었다. 나는 슬펐고 겁났고 들떴다. 슬픈 것은 할아버지의 부고 때문이었고, 들뜬 것은 가족과 친구들 때문이었는데, 겁나는 것은 다름 아닌 서울 때문이었다. 서울은 어디에 견주어도 이보다 빠르게 변할 수 없는 도시이고, 나는 그보다 빠르게 서울 사람으로의 자질을 잃어가는 중이었다. 1년 반 전만 해도 나는 서울 사람 같은 서울 사람이었다. 인파와 소음과 자극을 꿋꿋이 견디는 서울 사람, 매일매일 신도림에서 지하철을 갈아타는 서울 사람. 학교 앞에 눌러사느라 새벽 골목에서 대학생들이 쏟아내는 토악질 소리를 들으며 출근을 걱정하던 서울 사람. 영화 세 편을 한꺼번에 끊어놓고 하루를 보내기도 하고, 한강에서 하는 페스티벌에 음악을 즐기러 가기도 하던 서울 사람. 음료값을 걸고 내기라도 하지 않으면 지루해 견딜 수가 없던 서울 사람. 일을 너무 많이 해서 위장병을 얻은 멋쟁이 서울 사람. 하지만 나는 허허벌판 미국 땅에서 지내며 점점 천식과 만성 위통이 좋아지던 차였다.

"괜찮을 거야. 전에 계시던 분도 1년 동안 미국 사람 다 된 줄 알고 걱정했는데 인천공항 딱 내리는 순간 그렇게 한국인일 수가 없었다더라. 막상 가면 괜찮아."

아니, 안 괜찮았다. 부모님 댁 안방에 갇혀 2주간의 자가격리를 마치고 언니를 만나러 강남에 갔을 때 나는 거리의 맹렬함에 산 채로 잡아먹히는 기분이었다. 강남역 지하상가서부터 출구를 찾지 못하고 길을 잃은 나는 이 세상 요란함이 아닌 물건들에 눈이 돌아갈 지경이었다. 한꺼번에 들어오는 시각 정보가 너무나도 많았다. 휘황찬란한 액세서리에 눈을 돌라치면 그 옆의 삐까번쩍한 구두들이 다시 눈길을 빼앗았다. 시선을 고정하지 못한 채 두리번거리는데 여기저기 한국어가 너무 많았다. 남들의 대화가 너무 잘 들려서 알고 싶지 않은 정보들까지 뇌에 꽂혔다. 마스크에 숨은 차는데 사람들은 밀고 당기고.

출구를 찾지 못해 기왕 길을 잃은 김에 저기 보이는 예쁜 머리끈이나 보고 갈까 싶었다. 사람들과 스칠 때마다 온몸이 후끈한데 누가 2개에 1만 원이라며 붙잡는다. 온 세상이 총천연색이라 어지러운 와중에 휴대폰에서는 진동이….

"여보세요?"

강남역에 도착한 언니가 나를 찾고 있었다.

"언니! 여기 너무 정신없어. 도와줘!"

"가운데 벤치에 앉아 있어! 데리러 갈게!"

강남역에서 새삼 멀미를 한다는 사실이 수치스러웠다. 하지만 그건 새발의 피였다. 언니와 잠깐의 반가움을 나눈 채 지상에 올라왔는데 본격적으로 세상 모든 감각이 몸을 비집고 들어왔다. 건물은 높은데 간판은 많고 차는 쌩쌩 달리고. 이젠 언니의 말소리에 자동차 엔진음까지 섞여 들렸다. 남의 발을 밟을까 봐 앞을 잘 보고 걸어야 하는데 킥보드가 지나가니 옆도 잘 보고 걸어야 했다. 언니의 물음에 대답은 해야 하는데 행인들의 통화 소리가 너무 잘 들렸다. 우리는 이 혼란을 뚫고 무슨 덮밥까지 먹으러 들어왔다.

"지수야, 골랐어?"

"어? 나 아직 메뉴판 읽고 있는데…."

언니는 신이 나서 이게 맛있고 저게 맛있다며 두서없이 이야기를 시작했다. 나는 귀로는 들으면서도 눈으로는 글자를 읽기 위해 애를 쓰고 있었다. 그러나 가게에서 음악까지 틀며 가세하자 그만 메뉴 선정을 포기해야 했다. 그냥 연어라는 글씨만 보고 바로 먹겠다고 했다. 그러자 언니는 "키오스크"를 외치며 말을 끝내기도 전에 가서 주문을 마쳤다. 내가 상황을 파악하기도 전에 돌아온 언니는 이건 자신이 샀다며 의기양양해했다.

'아… 뭐지, 이 묘하게 상하는 기분은….' 이런 데서 어리바리하게 있을 내가 아니었다. 이래 봬도 멋쟁이 서울 사람인데, 키오스크에서 주문도 해봤는데. 도시에 처음 와본 시골 쥐가 된 느낌이었다. 그러나 이상함을 알아채기도 전에 나는 다시 귀를 털어내야 했다. 밥알이 입으로 들어가는지 코로 들어가는지 모를 지경이었다. 쩌렁쩌렁한 음악이 중간중간 끊기며 계속해서 문자메시지 알림음이 들렸다. "하, 하 유 라익 댓!" 하는 노래 가사 사이로 들리는 "꾸빠니쯔! 꾸빠니쯔!" 소리. 정신이 산란해진 나는 더는 참지 못해 물었다.

"언니, 도대체 뭐야?"

"뭐가 뭐야?"

"이 소리."

"무슨 소리?"

"지금 이거, 가게 스피커에서 나는 소리."

"…쿠팡이츠?"

"그게 뭐야?"

"쿠팡이츠가 뭐냐고? 배달 앱? 주문 들어오는 소리 같은데 지금?"

"우버이츠 같은 거야?"

언니는 양손으로 내 입을 틀어막았다.

나는 연어덮밥에 체기를 느끼며 카페로 향했다. 도대체 언니가 좋아한다는 카페는 어쩜 이렇게도 좁은 골목에 있는 것인지, 하필 이 많은 사람이 동시에 걷고 있는 것인지 모르겠다. 마치 해리포터에 나오는 공간 늘리기 마법 같았다. 그런데 언니는 자꾸 조금만 더 걸으면 된다고 했다. 나는 이미 오전에 내가 미국에서 걸을 한 달 치 양을 다 걷고 난 후였다. 꾸역꾸역 밀고 들어오는 자동차의 사이드미러가 자꾸 팔꿈치를 쳤다. 누가 쳐서 돌아보면 믿을 수 없을 만큼 가까운 거리에 차가 있었다. 그럴 때마다 나는 "엄마야!" 하고 비명을 질렀다. 나는 차에 발이 깔릴까 봐 식은땀이 줄줄 났다. 언니는 "엄마야!"를 다섯 번쯤 외치자 웃었고, "엄마야!"를 열 번쯤 하자 심각해졌다.

"도대체 왜 이렇게 됐어…. 돌아와!"

나는 거의 울고 있었다.

"언니, 여기서 어떻게 다녀. 나 지금 체했는데 귀도 다리도 너무 아파. 뭔 놈의 자동차가 사람이 있든 없든 그냥 막 들이밀어. 도대체 카페는 언제 나와? 조금만 걸으면 된다고 했잖아."

나는 아메리카노 한 모금에 드디어 카페에서 넋을 놓았다. 물론 정신을 차리기 위해 한 샷을 더 추가했다. 체한 속에 카페인까지 들이부으니 위가 찌릿찌릿했다. 곧 죽겠다고 하는 나를 보고 언니는 본격적으로 놀려댔다.

"도대체 무슨 일이 벌어진 거야? 서울 지수 빨리 컴백하라고 해!"

"언니… 나는 틀렸어."

언니는 만남을 뒤로한 채 서울 사람답게 킥보드 하나를 잡아타고 떠났다. 1년 반 만에 다시 위통을 얻은 나는 더 이상 견디지 않기로 결심하고 돌아오는 비행기에 올랐다. 서울에 살 때는 몰랐던 위통의 이유를 비행기 안에서야 깨달은 셈이었다. 익숙해져 살 때는 그냥 그런가 보다 하고 살았는데, 사실 나는 서울을 견디기에 충분히 둔감하지 못했던 것이다.

장시간을 비행한 후 공항까지 데리러 나온 남편의 차를 탔다. 아무하고도 부딪치지 않고 아무 노래도 듣지 않은 채. 그리고 집으로 오며 생각했다. 자극을 기꺼이 견디고 좇는 멋쟁이 서울 사람 말고, 끝없이 초원만 나오는 동네의 안 멋쟁이가 되기로.

✸●✶

낯설고 뜨거운 당신

에리얼, 저는 책상에 줄 긋기를 좋아하던 어린이였어요. 또 경계를 명확히 하고자 하는 어른으로 자랐답니다. 말하자면 '사랑의 부재'라기보다는 '영역의 존중'일 것 같아요. 내가 보여주지 않은 것까지 알고 싶어 하는 사람들이 껄끄러워요. 우리는 그저 딱 이 정도의 서먹함을 유지하고 지냈으면 하는 것이죠. 서로에 관한 것은 우연히만 알았으면 좋겠습니다. 그렇게 천천히 가까워지면 더할 나위 없겠습니다.

하지만 언니는 너무 뜨겁고 서슴이 없었어요. 언니가 에리얼이라는 이름을 사용한 것은 그러므로 꽤 적절할지도 모르겠네요. 소싯적에 사귀지도 않을 남자들과 소개팅을 했던 이유가 타인과 대화를 나누는 즐거움 때문이었다는 언니. 저는 그 말에 언니가 미지에 대한 무궁한 호기심을 지닌 인어공주 에리얼과 닮았다고 생각했어요.

오리엔테이션 날, 저는 조금 심드렁했어요. 어쩌면 다시 안 볼 유학생들끼리 하는 들뜨고 의미 없는 대화가 새로울 것이 없었거든요. 지겹고 시시했어요. 오로지 질문하기 위해 던지는 질문이 성의 없고 무례하다는 생각도 했고요. 한국에선 뭘 먹냐는 질문에 의욕 없이 음식을 먹는다고 비꼬던 차에 언니가 끼어들었어요. 미국에 온 지 3일밖에 안 된 영어로 하루 세 번 쌀밥을 먹는다고 열띠게 말하더라고요. 휴대폰으로 사전까지 뒤지면서요. 외국 친구에게 어떻게든 한국을 알리겠다는 열정이 참으로 뜨거웠어요. 그 펄펄 끓는 마음에 감히 발을 들이고 싶지 않았죠.

하루는 언니가 우리 집에 왔다가 너무나 자연스럽게 "나 물 좀 마실게!" 하더니 냉장고를 열지 않겠어요? 아니, 우리 엄마도 안 열어보는 냉장고를요. 쿨한 척하느라 그러시라고 대답했지만, 저는 언니가 지나간 자리에 종종 데어요.

그래도 저는 언니와 나눈 모든 이야기를 좋아해요. 언젠가 벼르고 벼르다 얼굴이 붉어진 채로 속마음을 겨우 돌려 말했을 때조차요. 아주 뜨겁고 빠른 언니와 데워지는 데 시간이 걸리는 나. 우리의 대화는 자주 합의점을 찾지 못해 서로가 외계인을 보듯 끝이 났어요. 언니는 그런 점들이 참신하고 좋다고 했죠. 저도 좋긴 했어요. 언니의 말을 한 오백 배쯤 곱씹느라 괴롭기는 했지만요. 개의치 않고 먼저 손을 내미는 것이 사랑이라고 생각하는 언니와 상대가 받을 마음이 있는지 먼저 헤아리는 것이 사랑이라고 생각하는 저는 아마 영원히 평행선을 달릴 것 같아요.

언니, 저는 여전히 선 긋기를 좋아해요. 한집에 사는 남편과도 뭐든 따로 쓰는 것을 선호하는 깍쟁이구요. 하지만 언니가 다녀간 자리만큼은 문틈을 조금 열어두려고 해요. 다른 사람들이 슬쩍 들여다보고 노크할 수 있게요. 언니가 8월에 한국으로 돌아간다면 오래도록 보고 싶을 것 같아요. 저는 그냥 저로 살 테니 언니도 에리얼로 뜨겁게 사세요. 엘리와 앨리스에게 안부 전해주시구요. 앤드류에게도요.

"산다는 건, '낯섦'과 '낯익음'이라는
극단의 감정을 번갈아 오가는 일이다."

3.

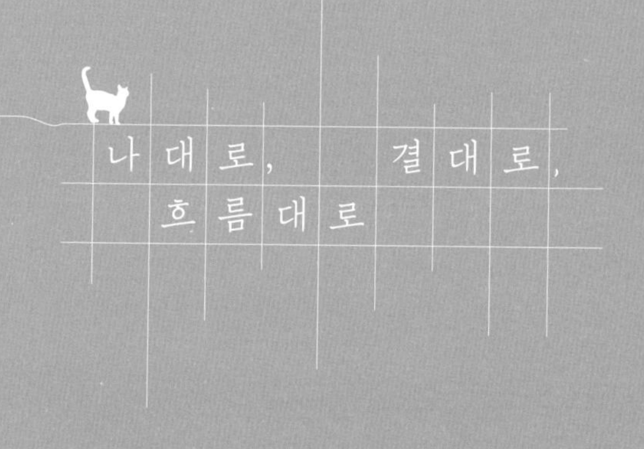
나대로, 결대로,
흐름대로

단순명료한 삶

하루는 외갓집에 갔는데 할머니가 오래된 크레파스를 꺼냈다.

"이야, 이것 봐라!"

초등학교 1학년 몇 반이라고 적힌 삐뚠 글씨 옆에는 막내 삼촌의 이름이 쓰여 있었다. 삼촌은 이제 쉰이 넘었다. 어느 명절에는 친할머니가 서랍에서 뭘 찾다가 누렇게 변한 종이를 꺼냈다. 아빠의 중학교 성적표였다. 이런 가풍 속에 어떻게 나 같은 게 나왔을까.

나는 본래 버리는 사람이다. 미국에 올 때도 살림살이를 죄다 버렸다. 깨질 위험이 있는 식기는 포기하고, 무거운 책은 중고로 팔았다. 그래도 이삿짐이 10박스 가까이 되었다. 새집에서 하나둘 짐을 푸는데 처음 보는 꾸러미가 나왔다. 뭐에 쓰는 물건이라 하기에는 애매한 종이들이 쏟아졌다.

'처음 보는데 혹시 오다가 짐이 바뀌었나?' 무엇인지 보려고 커다란 노트를 우선 펼쳤다. 익숙한 글씨로 "꼭 특급 전사가 돼야지!"라고 적혀 있었다. 황급히 표지를 보니 남편의 병영 일기였다. '아니, 이게 왜 여기 있어? 이걸 왜 미국까지 들고 왔어?!' 나머지 종이들은 학창 시절의 롤링페이퍼였다. 바다 너머까지 딸려온 남의 과거에 벌써부터 숨이 막혔다.

일기를 들고 달려가 남편에게 외쳤다.

"내다 버리자, 이거!"

그리고 내다 버릴 때까지 괴롭힐 거라고 말했다.

"그래서 특급전사로 언제 거듭날 건데? 짝사랑했던 후배는 지금 잘 사니? 얼마나 좋아했으면 군대까지 가서 생각이 났니?"

수치스러운 과거를 읊어대도 그는 한결같이 버리지 말자는 입장이었다. 마음대로 버릴 수도 없는 노릇이라 결국 창고에 두었지만 나는 목에 가시가 걸린 것 같았다.

연애할 때 남편 집에 놀러 간 적이 있다. 남편과 그의 누나가 라면을 끓여 먹자고 해서 따라갔다. 다 큰 어른이 되어 친구 집에 가는 것은 이번이 처음이었다.

냉장고를 열었더니 밑반찬이 잔뜩 들어 있고, 거실에는 물건이 어지럽게 섞여 있었다. 물을 따라준 텀블러가 예뻐서 누구 건지 물었더니 출처가 기억나지 않는다고 했다. 대부분의 물건이 딱히 이렇다 할 소유주가 없었다. 그냥 거기 있었고 다 같이 쓴단다. 오래도록 혼자 살아왔던 나는 그게 너무 이상했다. 그럼 물건은 누가 관리하지? 무엇을 얼마나 썼고, 언제 버려야 하는지 어떻게 알지?

우리 가족에겐 이사의 역사가 있다. 어릴 적 계속 살았던 동네를 떠난 뒤에도 쉼 없이 자주 집을 옮겨 다녔다. 상황이 그랬다. 새집에 들어가서도 우리는 여기가 종착지가 아니라는 것을 알았다. 그렇게 수도 없이 이삿짐을 싸고 풀면서 엄마는 아무것도 사지 않는 사람이 되었다.

미국에 오기 직전 갔던 여행에서 남편이 작은 기념품을 하나 사줬다. 자랑하고 싶어 엄마에게 보여줬더니 이런 건 뭐 하러 샀냐는 답이 돌아왔다.

"'진짜 집'이 생기면 그때 사야지."

엄마의 말이 못내 서운했다. 집도 없는 사람은 예쁜 물건을 가져서도 안 된다는 소리였다. 한참을 다투고 난 뒤 엄마가 이야기했다. 엄마도 추억이 담긴 물건들을 이사 중에 잃어버려서 속이 상했다고.

엄마는 집 얘기를 자주 했다. 맨 처음 자취방을 꾸릴 때는 진짜 집이 생기면 사라고 안 쓰는 그릇을 내어주었다. 20년은 더 된 서랍장을 갖다 주며 좋은 가구는 진짜 살림이 생기면 장만하라고도. 그러면서 진짜 집이 무엇인지는 알려주지 않았다. 결혼은 필수가 아니라고 했으니 가정을 뜻하는 것은 아닐 터. 집 장만이 노력한다고 될 일은 아니어서 내 소유의 집을 가리키는 것도 아니었다. 어차피 나는 2년마다 이사를 하며 혼자 살아야 했다. 혹은 이 모든 과정을 계속 반복할지 몰랐다.

그러다 미국에 와서 짐을 풀다가 깨달았다. 어느 미술관에서 샀던 예쁜 머그컵이 산산이 부서진 모습을 보고 역시 아무것도 갖지 말아야겠다는 것을. 적게 사고 자주 버리는 것. 그것은 경험에서 온 생활의 지혜이자, 엄마에게 물려받은 원칙이며, 습관처럼 지키고 있는 신조였다. 좋은 것도 가져봐야 안다는 이야기에 동의는 하면서도 한편으로 주거가 불안정한 사람에게 소유는 사치 같았다.

스무 살 이후 거의 모든 이사를 혼자 했다. 이삿짐센터를 부를 만큼의 살림살이나 금전적 여유는 없었다. 그렇다고 친구들을 동원해 짐을 나르기도 역부족이었다. 향후 몇 년 안에 돌아올 이삿날이 빤히 떠올랐다. 다시 짐을 싸고 풀고 하느니 차라리 싹 다 버리고 옷가지만 몇 개 끌어안고 살고 싶었다.

따라서 미니멀리즘이 유행하기 전부터 나는 반강제적 미니멀리스트였다. 물건을 가지는 게 여러모로 무서웠다. 이사할 때마다 집 평수가 수시로 달라졌다. 기숙사에서 수용 가능했던 물건이 고시텔에서는 침대 자리까지 차지해야만 했다. 이후 더 큰 원룸으로 이사 갔을 때도 평수 유지에 대한 확신이 없으니 짐을 늘릴 수 없었다. 욕심껏 산 옷이나 책들을 옮길 일이 무서웠다. 무엇보다 고된 이사를 마친 그 집 역시도 결국 임시의 공간에 불과하다는 사실이 겁이 났다. 그렇게 나는 물성이 있는 추억 보관하기를 꺼리는 무소유 인간이 되었다.

마음이 조급했다. 타국에 정착하는 사람의 주거환경이란 불안정하기가 매한가지다. 나는 여기가 정착지라는 생각이 조금도 들지 않았다. 1년 후 있을 월세 상승률에 따라 이사 여부가 정해지는 상황이었다. 게다가 동거인이 가지고 들어온 어마어마한 물건들이 마구 가슴을 짓누르기 시작했다. 선물받은 장식품, 편지 뭉치, 비싼 데스크톱, 수많은 넥타이. 나는 그게 몹시도 무거웠다.

그런데 작은 변화가 식사에서 시작되었다. 어릴 적부터 이어진 잦은 이사와 오랜 혼자살이로 나는 집에 대한 복잡한 이슈가 있었다. 우울증을 오래 앓았고 그 때문에 심리상담도 받았다. 어디서 누구와 얘기하든 반드시 나오는 주제는 집이었다. 나는 스스로를 집이 없는 사람이라고 생각하고 있었다. 상담사가 마지막으로 살았던 집이 어디였는지 물었을 때 나는 기억을 아홉 살 무렵까지 되돌려야만 했다. 서울의 자취생들이 고향과 본가가 있는 데 반해, 나의 부모는 해외에서 연고도 없는 지역으로 들어왔기 때문이다. 가족이 한국에 들어오면 나에게도 집이 생길 줄 알았다. 하지만 냄비 하나 찾을 수 없는 집과 아는 사람이 없는 낯선 동네는 집이라기엔 불편했다. 집이 집다우려면 필요한 것들에 대한 관념도 희미해진 상태였다. 경제적으로 자립하면 되지 않을까. 가족이 있으면 되지 않을까. 내 취향으로 살림을 채우면 되지 않을까. 그런 조건이 충족되어도 기분은 그냥 그랬다.

미국으로 가기 전에 남편과 살았을 때도 별반 달라진 느낌이 없었다. 충격적이었다. 나는 같이 사는 사람이 있으면 뿌리를 내린 기분이 들 줄 알았다. 남편은 출국 일정을 앞두고 있는 처지라 여기서 안정감을 느끼긴 어렵다는 입장이었다. 최소한 내가 기대한 건 전보다 발밑이 튼튼해진 느낌이었다. 아침에 눈을 떴을 때 느껴지는 이 공허함을 어떻게 흔들어 없앨 수 있을까. 당시에는 알지 못했다. 그 해답이 고작 밥이었다니.

미국에 오면서 나는 삼시세끼를 하기 시작했다. 둘 다 음식을 좋아하는 편이어서 너 나 할 것 없이 요리를 했다. 냉장고를 열면 항상 무언가 있다. 아니, 사실 많다. 당장만 해도 얼린 북어와 조개, 만두, 떡, 두부, 달걀, 배추, 양파, 김치, 고추무침. 또 친구들이 남기고 간 맥주와 접대용으로 샀던 콜라, 고추장과 된장 등의 기본양념들이 가득하다. 실온 저장고에도 라면, 인스턴트 카레, 와인, 통조림, 김 같은 식량이 한가득이다. 내 삶 속에 아주 한

참 동안 이랬던 적이 없었다. 아침에 일어나 없는 재료를 꺼내 밥을 지을 때마다 흡사 도토리를 모으는 다람쥐의 기분이었다.

사실 그동안 집은 나에게 잠을 자기 위한 최소한의 지붕 같았다. 그런데 지금 나는 진짜 집에 산다. 음식을 손수 해 먹는 행위 자체로 하나의 공간이 베이스캠프가 된것이다. 다시 멸치 따위가 집을 집답게 만들 수 있는지 그때는 미처 몰랐다. 생각보다 중요했다, 집밥이라는 것은.

어제 먹고 남은 반찬과 내일 요리할 재료를 갖춘 집. 정착이라는 말이 집을 사는 것인지, 결혼을 하는 것인지, 자립을 하는 것인지는 지금도 정확히 알지 못한다. 하지만 매년 정초마다 올해는 제발 정착하게 해달라던 염원을 이제는 이룬 것 같다. 나의 삶에 더 이상 이사 가지 않아도 되는 진짜 집은 필요하지 않다. 아마 미국에서 앞으로도 수차례는 이사를 할 테고, 딸린 고양이들까지 있으니 더 힘들 것이다. 어쩌면 일이 풀리지 않아 학업을 마치고 한국으로 돌아가야 할 수도 있다. 하지만 아무래도 상관없다. 밥을 지어 먹는 이곳이 지금 내 집이니까.

이후 나는 어쩌다 얻은 물건에 대해 불평하는 것을 멈췄다. 대신 큰마음 먹고 책장을 샀다. 짱짱한 나무로 조립된 중고 가구였다. 칠은 벗겨졌어도 그 나름대로 좋았다. 당장 살아야겠으니 이케아에서 휘뚜루마뚜루 구입한 가구 말고, 가격부터 디자인까지 직접 발품을 팔아 가져온 진짜 가구. 원래 같으면 작년에 쓰던 일기장도 버려야 했지만 이번만은 책상에 굴러다니는 노트를 그냥 두었다. 그리고 남편에게 병영 일기 보관을 허락하노라 선언했다. 혹해서 산 예쁜 쓰레기들과 각자의 추억이 깃든 물건들. 머지않아 우리 집은 서로의 물건이 한 데 뒤섞여 연애 때 갔던 남편네 집처럼 변할 것이다. 수십 년 전 썼던 크레파스를 버리지 못하고 있는 외갓집처럼, 자랑스러웠던 아들의 성적표를 가지고 있는 할머니네처럼. 나는 그게 더는 무섭지 않다.

구더기 무서워 장 못 담그랴. 이사하다 깨진 컵 따위

는 괜찮다. 대신 안타까운 최후를 목격한 친구가 귀여운 고래 머그컵을 선물해주었으니. 나라면 절대 사지 않았을 컵을 선물받는 인생이 재미있다. 시간이 흐르면 살림살이도 변하는 법. 물건은 있다가도 없고 없다가도 있다.

1미터가 주는 기쁨

비슷한 꿈이 반복된다. 외대 앞에서 시작되는 1시간 반의 출근길, 매일매일 착실하게 올라타는 지하철. 나는 한참을 졸다 눈이 번쩍 떠지는 환승역에서 길을 잃는다. 그리고 인파로 헤매다 잡아탄 열차가 반대로 가고 있다는 사실을 뒤늦게 알아차린다. 출근 시간은 임박했는데 되돌아가려면 다시 1시간. 이 황당한 사태를 과장님께 어떻게 설명해야 할까. 믿을 수 없는 현실에 마른세수를 하고 나면 나는 사라지고 없다.

아니다. 그런 줄 알았는데 다시 지하철이다. 나는 방금 대학교 오티를 마친 새내기다. 처음 마셔본 소주에 취하는 줄 몰랐는데 지하철 난방에 배부터 취기가 올라온다. 추운 겨울에 귀는 시리고 얼굴은 뜨겁다. 학교에서 부천까지 가는 동안 잠도 자지 않고 후회를 한다. 나는 어째서 이 나이를 먹도록 사회성이 제자리걸음일까. 대학에 가면, 한국에 가면, 아니 나이 앞자리 수가 바뀌면 모든 것이 달라질 줄 알았는데. 왜 사람들은 쿨한데 나는 여전히 어색할까.

다시 눈을 뜨면 점심시간에 누가 부를세라 잽싸게 나가는 내가 있다. 매일 이어지는 야근과 장거리 통근에도 도시락을 쌌다. 사람들하고 밥을 먹기 싫어서였다.

“어딜 그렇게 매일같이 나가? 누구 만나?”

차장님의 질문에 어색하게 웃는다.

“그냥 좀 건강하게 먹으려고…. 도시락 싸왔어요….”

오해는 금물이다. 나는 모두를 좋아했다. 직장 사람들과 대체로 잘 지냈으며 여전히 종종 연락한다. 지나칠 만큼 성격이 조용하거나 어울리지 못하는 사람도 아니다. 어쩌면 도시락을 싸는 것부터 실패였을까. 그러려면 재충전의 시간이 필요했다. 서면으로만 업무를 진행하면 얼마나 좋을까도 상상해보았다. 그리고 이런 고민을 하다 잠에서 깨보면 어느새 거리두기의 시대였다.

사회적 거리두기는 코로나로 인한 여러 소식들 가운데 유일한 위안이었다. 그것은 한평생 내가 우리 사회에 필요하다고 주장해온 것이기도 했다. 세상은 너무 긴밀하다. 우리는 조금 더 멀어질 필요가 있다.

성인이 된 이래 나는 학생이었다가 직장인이었다가 다시 학생이 되었다. 앞으로 미국에서 살기로 했고, 고양이까지 식구가 셋 늘었으며, 한국 나이로 30대에 접어들었다. 학생들을 가르치다 보니 기술적인 면에 발전이 있었을지 모른다. 혹은 이 거대한 스몰토크의 나라에서 문화적인 적응을 한 것일 수도 있다. 최근 나의 사회생활에 한 가지 변화가 생겼다. 사람들 사이에서 상당히 발랄하게 대화를 주도한다는 것. 동시에 별로 그러고 싶지 않다고도 생각했다. 어떤 재미나 의미 없이 그저 피로할 뿐이라고.

나는 사람들과 있는 것을 좋아한다. 물론 등장하는 인물은 부모와 형제, 남편, 친구 대여섯 정도로만 정의하고 싶다. 새로운 만남이나 다수가 함께하는 자리, 심지어 위에 나열한 사람들과의 만남조차 롯데월드 같기 때문이다. 어쩌다 한 번의 롯데월드는 설레고 즐겁고 신난다. 범퍼카도 타고 츄러스도 먹을 수 있으니까. 롯데월드를 아주 좋아하는 경우라면 한 번보다 조금 더 갈 수도 있겠다. 하지만 아무리 그래도 자이로드롭에서 세 끼를 먹거나 비명 속에 잠들기는 싫다. 어둑어둑해질 때쯤이면 이제 슬슬 집에 가고 싶다.

이것은 흡사 메이크업과도 같다. 또래보다 늦게 화장을 시작한 나는 20대 초반 메이크업에 푹 빠져 있었다. 아이라인 형태에 따라 인상이 달라져 꼭 다른 사람이 된 것처럼 즐거웠기 때문이다. 그렇다고 얼굴에 파운데이션을 바른 채로 자고 싶은 것은 아니었다. 하루 종일 화장한 얼굴을 뽐내고 나면 저녁에는 개운하게 씻고 싶었다. 화장기 없는 보송한 얼굴로 침대에 누우면 그제야 안도의 한숨이 나오는 것과 같은 이치다.

모든 것이 비대면으로 전환되고 불필요한 외출이 사라진 직후, 나는 롯데월드에서 한달살이를 하고 집에 돌아온 기분이었다. 아니, 샤워장도 없는 곳에서 3박 4일을 캠핑하다 처음 씻은 사람 같았다. 묵혀둔 피로와 함께 전에 없던 안정감이 몰려왔다.

작년 여름 할아버지의 장례로 한국에 갔을 때만 해도 백신이 나오기 전이었다. 15시간을 비행한 나는 지방까지 다시 이동해 본가에 2주간 머물렀다. 엘레베이터는 이용이 불가능한 상황이라 19층을 걸어 올라갔다. 이쯤 되니 피곤해 정신을 놓을 지경이었다. 그날 밤 기적 같은 숙면을 했다.

다음 날 일어났을 땐 고요뿐이었다. 나는 그 시간을 분주히 이용했다. 기한이 연장된 기말과제를 했고, 유튜브로 홈트레이닝을 했으며, 정지된 새 신용카드 문제를 해결했다. 동시에 새로운 드라마 시리즈도 정주행했다. 또 보건소 공무원과 통화를 나눴고, 규칙적으로 체온을 쟀으며, 그리운 배달음식을 시켜 먹었다. 남는 시간에는 마음껏 슬퍼했다. 또 기뻐했다. 그리고 다시 슬퍼했다. 침묵이 바쁘게 지나가는 동안 스스로에게서 독을 빼낸 것이다. 어떤 해독주스보다 확실한 디톡스였다. 가족들이 힘들지 않은지 물을 때마다 오히려 어리둥절할 따름이었다. 아무도 만나지 않고 홀로 지내는 게 책임이자 의무라면 나는 자발적으로 자가격리를 한 달에 한 번은 하고 싶었다. 한때 유행했던 간헐적 단식처럼 말이다.

꿈이 생겼다. 돈을 벌어 견고한 요새를 짓고 한 달에 한 번만 나오며 살기. 야외활동은 뒷마당에서 하면 된다. 친구는 나가는 날 만나면 되고. 코로나가 끝나도 우리 이렇게 적당히 떨어져 살면 안 될까.

최선의 어른

내가 인간관계에서 가장 중요하게 생각하는 게 있다. 너무 가까워 부담스럽거나 너무 멀어 아쉽지 않게 선을 지키는 일. 어린이들이 못하는 게 있다면 그중 하나가 바로 이것이다. 아이들은 때때로 너무 멀거나 가깝다. 이제 막 적당한 거리에 대해 배우는 중이기 때문이다. 대학 시절을 포함해 사무직 근로자가 되기까지 나는 사교육의 영역에서 적극적으로 돈을 벌었다. 그런 다채로운 커리어에 있어 가장 힘든 대상은 역시 초등학생들이다.

아이들과 맺는 관계는 어른들과 다르다. 아니, 달라야만 한다. 여물대로 여문 어른들과의 관계에서 나는 불만을 털어놓고, 요령껏 거리를 두거나, 이내 손절하기도 한다. 그러나 아이들과는 그럴 수 없다.

첫째, 아이들이 적당한 지점을 찾을 때까지 너그러이 지도하는 것이 큰사람의 역할이기 때문이요. 둘째, 이 아이들을 가르치며 내가 돈을 받고 있다는 사실 때문이다. 아이들을 사사로운 감정으로 대하면 안 된다는 것이 교육자로서의 마음이고, 지불받은 만큼 값을 해야 한다는 것이 노동자로서의 태도이기도 하다. 가끔 돌콩만 한 말썽꾸러기들 때문에 책상 밑으로 주먹을 쥐는 일도 있지만 말이다.

그러나 무엇보다 중요한 것은 내가 애네들을 사랑하고 있다. 한창 경계의 중요성을 배워나가는 녀석들의 과정에 기꺼이 일부가 되고 싶다. 그래서 오늘도 필통에서 아끼는 펜들을 모조리 빼놓는다. 아이들이 함부로 망가뜨리는 것은 견딜 수가 없어서다.

누구를 가르치겠답시고 앉아 있는 나는 아직도 누가 물건을 만지는 것이 속상한 미성숙한 사람이다. 나이를 먹어가며 조금 덜 깍쟁이로 자라기를 바랐으나 나는 여전히 금을 넘어오면 딱밤을 때리고만 싶다. 남편과 같은 컵을 쓰는 것도 싫고, 그가 내 수건에 손을 닦는 것도 싫다. 인정머리가 없다 해도 어쩔 수 없다. 싫은 건 싫은 거다. 집에서까지 싫은 감정을 참아가며 살 수는 없다. 그러나 참아내야만 하는 시간들은 필연적으로 온다.

어떤 아이는 멀다. 낯을 가리거나 수줍음이 많은 식이다. 어린 시절의 나처럼 자기 구역이 확실해 아무나 쉽게 마음에 들이지 않는다. 아이가 아무것도 재미없어하면 교사는 애가 탄다. 더 정확히는 자기가 재미있다는 사실을 들키기 부끄러워하면… 나도 엄마가 보고 싶다. 한때 저런 아이였다. 감정을 들키는 것이 부끄러워서 수업시간에 무엇도 하기 싫었다. 선생님이 나에게만 특별한 관심을 주는 것이 싫었다. 그러다 엄마가 오면 질색했다. 나는 웬만하면 애랑 단둘이 해결을 보고 싶다. 역시 관계를 형성하고 흥미를 유발하는 것은 교사의 역량이라는 생각에서다. 물론 스스로의 부족함에 실망하는 일도 생긴다. 그러나 실상 가르칠 때 더 어려운 상대는 가까운 아이다. 그런 아이를 만날 때마다 나는 자주 이렇게 말하고 싶어진다.

"선생님을 좋아해주는 건 고마운데…. 그건 내 물건이야."

여기다 강박까지 더해지면 훨씬 괴롭다. 물건을 쓰는 나만의 방식이 아이들 손에 넘어가면 철저히 묵살당하기 때문이다. 나는 책을 볼 때 제본선을 펴지 않는데 어떤 아이는 그 소중한 책을 납작하게 누른다. 평소 아이패드를 쓸 때는 스크래치가 나지 않게 스마트펜의 뭉툭한 끝을 이용하는 편이다. 그런데 어떤 아이가 내 아이패드에 항상 뾰족한 부분으로 글을 쓴다. 내 안의 미성숙한 자아가 비명을 지른다.

어른 행세를 하는 선생이 차분하게 묻는다.

"구경해도 되냐고 선생님한테 허락받았니?"

"아니요."

"남의 물건을 만질 땐 먼저 물어봐야지."

"이거 봐도 돼요?"

호기심이 뚝뚝 흐르는 눈빛을 보면 안 된다고 할 수가 없다. 처음부터 거절하기 곤란한 상황이기도 하다. 막상 물어봤는데 "응, 안 돼" 하기엔 서로 무안하니까. 결국 엄마한테 이르고 싶은 마음을 체념한 채 한마디 덧붙인다.

"Yes, but please be careful!(좋아, 하지만 조심해!)"

수업을 하고 오면 난리도 아니다. 펜을 얼마나 빨았는지 침 자국이 가득하고, 아이패드는 젖다 못해 끈적끈적하다. 그래도 나는 포기하지 않는다. 대신 다음 수업에 가장 싫어하는 펜을 준비한다. 수업에 아이패드가 필요하면 물티슈를 하나 챙긴다. 아마 살아가는 과정 중에 초등학생들이 없었더라면 나는 훨씬 더딘 어른으로 성장했을지도 모른다. 예전에 본 TED 강연 영상에서 이런 말을 들은 기억이 있다.

"Fake it until you make it(일단 그런 척이라도 하자)"

여전히 나는 최선을 다해 어른인 척한다. 아이들에게만큼은 조금이라도 어른 같은 어른으로 기억되고 싶기 때문이다. 지금까지 그래왔던 것처럼 오늘도 유아 활동지를 만든다. 내가 만들었다고 해도 아이들은 믿어주지 않겠지만.

어딜 가나 이방인

목요일 저녁 8시. 스크린 속에 여섯 쌍의 눈동자를 마주하는 내가 있다. 교육대학원에서 ESL(제2언어로서의 영어교육)을 전공 중인 나는 일주일에 한 번 성인 대상으로 커뮤니티 클래스에서 영어를 가르친다.

온라인 수업으로 전환된 이후 첫 수업이 있던 날이었

다. 올봄은 내가 상급반을 처음 맡는 학기이기도 했다. 작년 봄에는 학생들과 강의실에서 대면 수업을 했었다. 알파벳을 겨우 뗐거나 떼지 못한 학습자들과 함께 날씨 노래를 부르며 말이다. 지금 같은 레벨4의 상급반 학습자들에게 이쯤은 식은 죽 먹기일 것이다. 물론 나 역시 대학원에 갓 입학한 작년보다 교사의 자질을 조금 더 갖춘 시기이기도 했다. 나는 이제 내가 무엇을 해야 할 지 잘 안다. 그래서 무서웠다. 교사는 배움의 촉매다. 그리고 그렇게 되기란 지식의 전달자보다 어렵다.

상급 회화반은 아침 8시 반에 강연 영상을 보거나 괜찮은 기사를 읽은 뒤 자유롭게 토론을 하는 식이다. 발언 기회를 보다 많이 제공하기 위해 교사 둘이서 절반씩 인원을 맡아 그룹을 진행했다. 프로그램이 생활영어 위주다 보니 우리는 학생들의 아무 말 대잔치를 장려했다. 그러나 TMI가 되어버린 줌 화면을 바라보며 나는 그만 할 말을 잃었다.

베시가 말했다.

"이게 도미니카공화국의 고향 사진이에요. 예쁘죠?"

내가 말했다.

"정말 아름답네요!"

이어지는 정적. 이내 플로렌스가 말했다.

"우리나라에서만 마시는 칵테일이 있는데 이렇게 만들어요. 정말 맛있어요."

내가 말했다.

"정말 멋지네요!"

또다시 이어지는 정적. 루이제가 말했다.

"이번 여름은 멕시코에서 가족들과 보낼 예정이에요."

내가 말했다.

"정말 좋겠어요!"

그날 밤 고민했다. 나처럼 호기심 없는 사람이 교실의 촉매가 될 수 있을까. 타인에게 관심이 없는 것을 단점이라고 여겨본 적은 없었다. 궁금하지 않다고 해서 정이 없다거나 도움을 꺼리는 것은 아니니까. 오히려 들은 것 이상으로 묻지 않는 편이 예의 바르고 깔끔하다고 생각했다. 지키고 싶어 하는 거리를 존중하면서 마음을 나눌 때 서로는 더욱 안전하고 편안하다. 그렇지만 리액션이 없다는 것은 단점이라고 생각하던 차다. 남에게 감동받을 때마다 더 크게 좋아해야 했다고 밤잠을 설치기도 했다.

한국을 방문할 적에 일정에 쫓겨 급히 준비한 선물을 풀었다. 호들갑이 생활인 시가에서는 속사포처럼 리액션을 쏟아냈다.

"어머, 얘. 바쁜데 뭘 또 이런 걸 다 사 오고. 어머머, 이거 너무 예쁘다. 잘 쓸게. 어디 가서 자랑 좀 해야겠다."

반면 나의 부모는 짤막한 말만 내뱉었다.

"이야, 멋지다. 고마워, 우리 딸."

그게 최고조의 리액션이라는 것을 잘 알면서도 나는 혹시 선물이 마음에 안 드는지 되물었다. 그러자 진공 상태보다 더 차분할 수 없을 것 같은 대답이 돌아왔다.

"정말 마음에 들어. 고마워!"

"하지만 별로 좋아하는 것 같지 않은데."

엄마는 난처해했다.

"마음에 들어서… 마음에 든다고 말했는데…. 더 이상 뭐라고 말해…?"

어디서 많이 듣던 말이라 웃을 수밖에 없었다. 그런 마음으로 사는 것은 다른 누구도 아닌 엄마 딸이었으니까. 나는 느끼는 대로 솔직히 말했을 뿐인데 무언가를 더 바라는 눈빛에 극도로 난감해진다. 좋아서 좋다고 했는데 도대체 뭘 더 어쩌라고.

그러니 이런 내가 뭐라고 답을 해야 한단 말인가. 밑도 끝도 없이 보여주는 도미니카공화국의 사진과 콜롬비아의 칵테일 제조법에 관해서. 아름다워서 아름답다고 했고 멋져서 멋지다고 했다. 그 이상은 궁금한 점이 없다. 그저 장렬한 노래만 가슴속에 울려 퍼질 뿐이다. '아아, 어쩌란 말이냐 트위스트 추면서…!'

하지만 성격은 성격이고 일은 일이다. 이대로 물러설 수 없었다. 학생들은 이미 실컷 동기부여가 되어 있는 상태. 이들은 누가 시키지도 않았는데 출석의 의무도 없는 무료 프로그램에 자발적으로 찾아왔다. 분위기를 조성해 참여를 유도하는 것은 학생이 아니라 촉매의 역할이다. 또한 성격이 아니라 테크닉의 문제다. 수업 중 던지는 질문은 결코 즉흥적이지 않다. 수업이 의도한 방향으로 흘러가도록 교사가 미리미리 설계해놓으니까. 그러니 나의 설계가 부족했던 것이다.

그 뒤로 나는 예상 답변을 고려해 추가 질문을 자그마치 세 배 준비했다. 결코 순발력 있게 생각해낼 수 없는 질문들이었다. 각 나라 학생들이 발표한 음식과 관련된 다수의 질문을 함께 준비했다. 그 음식을 먹는 특별한 이유가 있는지, 마지막으로 먹은 게 언제인지, 미국에 그 음식을 파는 식당이 있는지 등의 질문이었다. 각 나라의 춤에 대해 이야기했을 때도 마찬가지였다. 이 춤이 전통무용인지 현대무용인지, 춤을 출 때 특정한 의복을 입는지, 공연을 위해 어떤 태도가 필요한지 등에 대한 질문을 던졌다. 더 나아가 춤을 잘 추는지, 혹시 클럽에 가봤는지, 양국 클럽의 차이점까지도 예비 질문으로 가져갔다.

얼마 후 나의 노트북에는 짤막한 포스트잇이 붙었다. 'nice(좋아요)', 'cool(멋져요)', 'neat(괜찮네요)'. 딱히 특별

할 것 없는 단어들이었다. 무슨 얘기를 들었으니 리액션은 해야겠는데 딱히 할 말이 생각나지 않을 때 쓰려고 준비한 말들. 학생들의 이야기에 감탄사를 내뱉으며 분위기를 고무시켜야 할 때 이 포스트잇을 읽었다. 리액션이 타고난 사람들과 달리 나는 상대방의 이야기를 바로바로 받아치지 못했기 때문이다. 딱히 재능이 없다면 노력으로라도 때운다.

수업은 재미있었다. 비록 하루에 뱉을 수 있는 말을 모두 소진해버린 나머지 대꾸도 없이 밥만 먹느라 식사 파트너를 심심하게 했지만. 나는 내가 준비한 별것 아닌 질문에 돌아오는 별것의 답변이 즐거웠다. 학생들은 물어주기를 기다리고 있었다. 해외 생활의 고충도 토로하고, 친구도 만들고 싶었을 것이다. 다만 수업 중에 묻지도 않은 말을 막 해댈 수 없었을 뿐이다. 그렇게 생각만 하고 있을 때 가려운 지점을 긁어줄 촉매를 그들은 기다리고 있었다. 조금만 건드려도 봇물 터지듯 쏟아지는 학생들의 TMI는 굉장히 사적이고 다채로웠다.

마침내 한 학기가 끝났다. 학생 평가서를 작성하는데

자꾸만 웃음이 났다. 생각했던 것보다 내가 학생들 하나하나를 훨씬 잘 알았서였다.

나는 베시가 뉴욕에서 지내다 여기 왔다는 것을 알고 있다. 그래서 이곳 사투리를 알아듣기 힘들어한다는 사실도 인지한 상태다. 그러니까 본인 걱정과 달리 그녀의 영어듣기 실력엔 문제가 없다. 이는 '기술'이 아니라 '적응'의 문제인 것이다. 그러므로 낸시는 상급반에 남게 되었다.

나는 플로렌스가 본국에서 물리학을 전공했다는 사실도 안다. 관련 분야의 자료를 접할 때 그는 말이 많아진다. 멀베는 한국 드라마에 빠져 있다. 가끔 수업이 끝나면 나와 한국어로 인사하는 것을 즐기는 편이다. 실제로 한국 친구와 그룹에 있을 때 말이 많아지고 수업 태도가 좋아진다. 루시앤은 호스트 가족의 집에 거주하며 보모로 일한다. 그래서 종종 호스트와의 여행 일정으로 수업에 빠지는 경우가 있다. 하지만 결석을 대체할 만한 과제를 내주면 반드시 해온다.

나는 수업 마지막 시간에 서로 아는 것이 많아진 사람

들에게 당부했다.

"혹시 수업 외에 궁금한 게 있으면 망설이지 말고 이메일 주세요. 나도 이민자예요. 모국어가 영어도 아니구요. 난 그게 어떤 건지 알아요. 그리고 이제 우리 서로 알잖아요. 도울 수 있는 게 있으면 도울게요. 연락하고 지냅시다. 그럼, 또 봐요!"

미루기의 낭만에 대하여

초등학생인 나의 책상 앞에는 시간계획표 대신 A4용지가 하나 붙어 있었다. 시간에 구애받지 않되 하루의 일과를 적는 용도였다. 엄마는 이 모든 것을 스스로 해내면 자유 시간을 가져도 좋다고 했다. 매일매일 나는 서너 가지 일들을 적었다. 수학 문제집 두 장 풀기, 영어

동화 테이프 한 번 듣기, 피아노 연습 다섯 번 하기. 욕심을 냈다가 끝내지 못하면 깨달음을 얻어 다음 날 할 일을 조금만 적었다. 그러다 양심에 찔리면 그다음 날은 할 일을 조금 더 적었다. 하루에 공부를 얼마나 하든지 자신과의 약속만 지키면 엄마는 아무 말도 하지 않았다. 하지만 자율성을 가르치려던 엄마가 미처 알지 못하는 것이 있었다. 내가 꽤나 욕심이 많다는 사실이었다…. 모든 것은 여기서 시작되었다.

목록 적는 습관을 그대로 가지고 자라난 나는 해보고 싶은 것도 잘하고 싶은 것도 많아졌다. 목록이 길든 짧든 끝내야 쉴 수 있다는 것만은 같았다. 처리한 일을 볼펜으로 쓱쓱 그을 때의 쾌감이 얼마나 짜릿한지…! 그 짜릿함은 슬롯머신이 돌아갈 때 펼쳐지는 별천지보다 아찔하고, 강아지 발바닥에서 나는 꼬순내보다 중독적이었다. 나는 눈을 시뻘겋게 뜨고 점점 더 많은 줄을 긋고 싶었다. 일 중독자가 탄생하는 순간이었다.

일요일부터 일을 해놓는 사람이 대학원에 간다고 했

을 때 이미 비극은 시작되었는지도 모른다. 나는 '미루지 않기'와 '미리 해놓기'에 한 치의 의심도 품어본 적이 없었다. 학교에서 그렇게 배웠다. 또 어떤 자기계발서를 봐도 그것이 성공하는 사람들의 습관이라고 나왔다. 그러나 일과 생활이 분리되지 않는 근면 성실한 삶에 접어들며 이내 허덕이기 시작했다. 회사를 다니던 때와는 달랐다. 나의 스위치는 24시간 내내 ON이었다.

이미 너무 많은 일을 하고 있었다. 대학원 공부와는 하등 상관없는 일들이 매일 쏟아졌다. 입학을 위해 부쳤던 성적증명서와 졸업증명서가 온데간데없이 증발하지를 않나. 필요한 서류를 가져갔는데도 DMV(차량관리국)에서 면허증을 처리해줄 수 없다고 하지를 않나.

비자와 관련해 엄마가 한국에서 부쳐준 은행 서류는 난데없이 사라졌다. 그리고 1년이 지난 후에야 본가로 반송되었다. 집에는 이주 신고식이라도 하듯 벼룩이 번져 매일 약을 치고 이불을 세탁해야 했다. 어디 그뿐일까. 같이 사는 고양이가 원인 모를 기침을 시작해 한참을 병원에 다녀야만 했다.

유학생의 경우 파트타임 수강이 불가능했다. 당시 나는 최대학점을 수강하고 있었고, 그중 2개는 빡빡하기로 유명한 전공과목이었다. 또 교육전공은 필수 이수해야 하는 실습 과정이 있어서 학교 산하 프로그램에서 영어를 가르쳤다. 그것도 모자라 아르바이트까지 하고 있었다. 나는 해내면서도 마음 한쪽이 불안했다. '한평생을 모범생으로 살아오지 않았던가? 시키는 것만 하는 것은 일류가 아니다. 플러스알파를 해내야 진정한 모범생인 것이다!'

이런 쓸데없는 불안이 들자 콤플렉스가 발목을 잡았다. 영어와 한국어만 해서는 경쟁력이 없다. 나는 조금 아는 스페인어나 현지에서 배운 중국어를 살려보기로 했다. 영어는 대학원 수업을 따라가기에 무리 없는 수준이었지만 그래도 모국어가 아닌 이상 어느 정도의 공부는 필요했다. 어학에 끝이란 없다. 내가 죽어야 끝날 뿐이다. 나는 과제를 내는 것만으로는 만족이 되지 않았다. A를 받아야 했다. 거기다 '자율학습'에는 정해진 분량이 없었다.

그렇게 패닉이 왔다. 잠을 청하고 있던 것은 새벽 5시 무렵이었다. 마음이 불안으로 소용돌이치고 있었다. '지금 자도 될까? 그래도 자야 내일을 살지. 하지만 내일 다 할 수 있을까?' 두근대는 심장을 애써 가라앉히고 있는데 휴대폰 알람이 띵동 하고 울렸다. 친구로부터 이메일이 와 있었다.

'안녕, 젬마!

너랑 하는 이번 일에 아이디어가 몇 개 떠올라서 보내. 메일 읽으면 생각해보고 연락 줘! 언제 시간 맞춰 상의해보자.'

그게 불안의 끝이었다. 마음속에 무언가 툭 끊어지는 소리가 났다. 등에 식은땀이 흐르며 숨을 쉬기 힘들어졌다. 숨을 어떻게 쉬는지 기억이 나지 않았다. 위아래로 가슴만 헐떡이며 뭍에 나온 물고기처럼 뒹굴었다. 머리카락이 초사이언처럼 곤두서는 것 같았다. 나오라는 날숨은 나오지 않고 비명만 흘러나왔다. 그러고도 일을 미루지 못해 통증을 부여잡으며 이메일을 썼다.

'안녕, 아이디어 고마워. 이따 오후에 생각해볼게. 넌 언제 시간 괜찮니?'

물론 죄 없는 친구에 대한 나의 일방적인 분노는 혼자만 아는 일로 하기로 했다. 친구와는 여전히 사이좋게 지내고 있다. 하지만 그날 밤 나는 엄청난 사실을 깨달았다.

두 번 다시 돌아갈 수 없다는 우주 대폭발 같은 깨달음이었다. 누구나 미리 대비를 하지만 미래는 연속적으로 닥쳐온다. 결국 나는 일을 일찍 끝낸 사람이 아니라 일을 많이 하는 사람일 뿐이다. 오늘 미리 해두면 내일 쉴 수 있겠지, 또 모레 미리 해두면 글피에 쉴 수 있겠지. 그렇게 다음 주의 일을, 다음 달의 일을…. 이렇게 살다가는 평생 일만 하다 죽을 게 분명했다.

그래서 나는 미루는 연습을 하기로 했다. 해야 할 일을 당겨오지 말고 내일에 내버려두기. 제시간에 일을 끝내지 못하면 내일의 나를 다시 믿어보기. 일을 그르칠까 아무도 믿지 못하는 나지만 약간의 신뢰를 내어주기로 한 것이다. 데드라인은 남편의 퇴근 시간. 그때까지 끝내지 못해도 급한 일이 아니라면 모든 것을 중단하고 쉬었다. 닥치면 한다는 말을 믿고 질에 대한 욕심을 버렸다.

그로부터 2년의 시간이 흘렀다. 졸업을 한 학기 앞둔 지금, 나는 여전히 많은 일을 한다. 이번 학기엔 오전 7시부터 11시까지 인근 고등학교에서 실습을 했다. 그러고 나면 입에 빵을 욱여넣은 채로 곧장 30분을 운전해 대학원으로 향했다. 튜터링센터에서는 12시 반부터 4시까지 국제학생들을 가르쳤다. 저녁에서야 개인 과제를 시작했고 틈틈이 의뢰받은 번역 일을 했다. 주말에는 과외를 했고 짬을 내 글을 썼다.

패닉은 그 뒤로 두 번 다시 오지 않았다. 그다지 끝이 만족스럽지 않아도 일을 벌인 책임은 나에게 있다며 마음을 접었다. 너무 바쁠 때는 살림 따위는 내버려두는 식이었다. 밤늦게 일을 하다 '필'이 왔을 때도 시간이 되면 멈췄다. 나는 미루는 일에 보다 능숙해졌다. 그리고 매일 밤 미련 없이 컴퓨터를 끈다. 여전히 많은 일을 하고 있지만 이렇게라면 살 수도 있겠다.

오늘도 루틴 중

모든 이민자의 마음에는 조금씩 설경구가 산다. 내 마음에도 어렴풋이 설경구가 살고 있다. 그는 평소엔 있는 줄도 모르게 있다가 튀어나와 두 팔을 벌리고 소리 지른다.

"나, 다시 돌아갈래!"

세상살이 팍팍하기야 다 마찬가지다. 하지만 남의 나

라에 몸을 삐대며 살다 보면 자기 비하를 면하기 어렵다. 자기 나라에 얌전히 눌러살 것이지 무슨 부귀영화를 누리겠다고 여기 와 이러고 있냐는 뜻이다. 무릎이 깨져 엄마가 그리운 일곱 살의 심정과도 별반 다르지 않다. 미우나 고우나 모국이 아닌가.

이럴 때면 사랑하는 일과 사람들을 떠나온 그곳으로 돌아가고 싶어진다. 나는 이런 순간들을 '설경구적 모먼트'라고 부른다. 미국에 오기 전 상황을 되돌리겠다는 뜻일까. 아니면 다시 비행기를 타고 돌아가겠다는 말일까. 사실 잘 모르겠다. 그저 어느 순간에 직면하면 영화 〈박하사탕〉처럼 무릎을 꿇고 돌아가겠노라 절규한다. 그리고 내 인생에서 설경구적 모먼트는 무수히 많았다.

얼마 전에는 무릎에 통증이 도졌다. 무릎 통증은 만성이다. 한국에서부터 정형외과에 꾸준히 다녔는데 그때 의사 소견을 새겨둘 것을 그랬다. 선생님은 무릎 어딘가가 쉽게 염증이 일어나는 모양새라 평생 재발 위험을 달고 사는 수밖에 없다고 했다. 핵심을 정확히 이해하기는 어려웠지만 뾰족한 수가 없으니 조심하라는 뜻이었다. 보통은 하루 이틀 아프다 말고 괜찮아졌다. 하지만 최근엔 그 통증이 한 달을 넘겼다. 가장 빠른 진료 예약은 일주일 후였다. 그런데 예약을 했음에도 대기실에서 30분, 진료실로 안내받은 다음 20분, 대면까지 또다시 20분을 기다렸다. 나는 의사에게 만성적인 무릎 통증을 앓고 있다는 사실과 이번엔 통증이 한 달을 넘겼다는 설명을 덧붙였다.

"무릎이 부어요?"

"아니요. 그건 아닌데…."

"지금 이렇게 만지면 아파요?"

"겉에서 만지면 아프진 않고요…."

무릎 통증의 원인이 무엇인지 잘 기억해놨어야 했다. 그때만 해도 한국에서 정형외과를 다닐 줄로만 알아서 아무런 생각이 없었다. 미국 의사는 무릎을 몇 번 구부려보더니 아무 이상이 없다고 했다. 내가 특정 자세에서 아프다고 말을 해봐도 이상이 없단다. 하지만 일상생활이 힘들 정도라고 우기자 그제야 진통제를 주겠다고 한다. 그것도 무슨 선심이나 쓰듯이. 나는 집 근처 약국까지 다시 20분을 운전했다. 약을 기다리는 동안 어쩐지 서러워졌다. 집을 떠나 아픈 것도 서러운데 아무도 믿어주지 않다니. 약국에 손님이라곤 셋뿐인데 어째서 약을 주지 않는가. 그보다 통증의 원인을 왜 환자가 설명해야 하나. 나는 속 시원한 진단이나 치료 없이 귀한 아침을 허비해버렸다. 잠시나마 간절해졌다.

'아, 다 때려치우고 돌아가고 싶다.'

어떤 날은 소소한 짜증, 그 이상의 무너짐이다. 미국은 진료에 있어 신분이 걸림돌이 될 수 있다. 이것이 한국 구직시장과의 가장 큰 차이점이다. 그런데 상황이나 방침이 시시각각 바뀌니 뭐 하나 확실한 것이 없다. 3년 전 이맘때쯤 우리는 영주권 취득을 예상하고 있었다. 그래서 취직의 가능성을 엿보고 영어교육을 택했던 것이다.

그러나 누구도 코로나를 예상하지 못했다. 훗날 선생

님이 되리라 믿어 의심치 않았던 나는 공립학교 비자 스폰서 제한 소식에 완전히 무너졌다. 내가 지금 사는 동네와 사람들을 사랑하는 것은 사실이나 하는 일 없이 체류만 이어가는 것은 아무 의미가 없었다. 다른 가능성을 생각하기에는 너무 지쳐 있었다. 지난 3년의 노력이 물거품이 되었다는 생각에 삶의 의욕마저 상실했다. 모든 약속을 취소하고 이불을 뒤집어쓴 채 집에 처박혔다. 서러움이 몰려와 저녁까지 울었다. 그냥 돌아가고 싶었다. 존재하기 위해 머리가 복잡해지는 곳이 아닌 합법적인 원래의 자리로 돌아가고 싶었다. 조금 더 큰 세상 따위는 이제 알고 싶지 않았다.

그러나 닥쳐올 헤어짐을 생각하니 눈물이 흐르기 시작했다. 나는 이미 이곳에 친구가 있고 동료가 있고 가족이 있었다. 국제 이사를 생각하니 머리가 지끈거렸다. 경제적 여유도 없는데 동물까지 있다. 항공편으로 고양이를 데려가는 비용을 검색해봤다. 비용을 떠나 영역 동물을 15시간씩 낯선 곳에 둘 생각을 하니 마음이 찢어졌다. 예민한 슈가는 극심한 스트레스로 기절할지 모른다. 게다가 우리가 인천공항에 떨어진다 한들 집도 없는데 어디 맡길 수 있으랴. 이 모든 역경을 극복하더라도 결론은 그만두고 싶었다. 남편은 다 길이 있다고 했지만 내 귀에는 들리지 않았다. 나를 고용해줄 곳이 없다면 여기 남을 이유가 무엇이란 말인가?

그러나 이튿날 내가 돌아간 곳은 고국이 아닌 루틴이었다. 퉁퉁 부은 눈으로 일어나자마자 커피를 내렸다. 그 다음 하루 일과를 체크했다. 주요 일정과 확인 사항, 감사한 점과 오늘 할 일을 적는 시간. 뒤이어 영양제를 먹고 10분간 독서를 했다. 보통 이렇게 하면 아침 일정이 끝난다.

학기가 끝난 직후라 남는 시간에 개인적인 공부를 했다. 청소기와 빨래도 돌렸다. 그러고 나니 하루가 다 가서 평소보다 일찍 저녁 체크인을 했다. 리스트를 하나씩 체크해나가는 동안 눈꺼풀이 내려앉았다.

내년에는 또 뭐가 어떻게 변할지 모른다. 졸업을 하려면 아직 한 학기가 남아 있다. 지금 내가 할 수 있는 건

매일의 일을 성실히 지워나가는 것뿐이다. 그러자 통제감이 다시 손에 잡혔다. 이번에도 나를 구한 것은 매번 고집스럽게 지키던 루틴이었다.

'돌아가야 하면 돌아가자. 그러나 지금은 지금의 할 일을 하자.'

순간의 썸네일

해마다 깨끗한 마음가짐으로 신년 다짐을 적는 자는 삼류다. 계획을 한 달 이상 지키는 자는 이류. 1년 365일 계획을 고쳐 내세울 것이 없는 자, 그자가 바로 일류다. 아니, 실은 일류가 되고 싶은 개인적 소망을 반영해 한 번 적어보았다. 사실 급을 나누는 것이 의미는 없다. 우리는 각자의 속도와 리듬에 맞춰 살아가고 있으니까.

그런데 나의 리듬이 문제다. 정갈한 마음으로 플래너를 연다. 죽을 때까지 할 수 있을지 모를 버킷리스트부터 당장 내일 필요한 할 일 리스트까지. 주초에서 월초마다 매일 점검하는 모든 계획이 다 거기 있다. 그러면 또 무슨 특별한 신년 목표를 세워야 할지 모르겠다. 마음속으로 조용히 다짐한다.

"올해는 좀 대충 살자."

이 항목을 굳이 플래너에 적지 않는 이유는 실현 가능성이 떨어지는 목표이기 때문이다. 그래서 이것은 목표라기보다 소망에 가깝다. 채찍질을 당하다 지친 나머지 적당히 살고 싶은 마음이랄까. 그러나 1월 1일이 되면 신호총만 기다리고 있던 사람처럼 달라진다. 혹은 애초에 멈춘 적이 없는 사람처럼 보이기도 한다. 가끔은 스스로가 목표만 보고 질주하는 경주마 타입의 사람이었으면 좋겠다. 남들보다 빨리 도착하는 것이 유일한 목표여서 나를 지연시키는 환경에 대충 눈길만 주고 마는 그런 사람.

그러나 불안이라는 감정은 절대 그런 식으로 작용하지 않는다. 불확실을 못 견디는 사람이 모국을 떠나 살자니 더욱 그렇다. 내일이 오늘 같다는 보장은 어디에도 없다. 내가 놓치는 것이 평생 한 번 오는 기회일까 봐 조바심이 난다. 그럼 나는 어김없이 백 중의 백을 소진하고, 또 백 중의 백을 살고 싶어진다.

어쩔 땐 그냥 집에 있고 싶다. 사람들을 만나면 그만큼 소진된 에너지를 집에서 충전해야 하기 때문이다. 사교성 배터리가 20%쯤 남으면 나는 슬슬 불안해지기 시작한다. 이 상태로 누군가를 만났다가 방전이라도 되면 어떡하나. 혼자 화장실에 쭈그리고 앉아 찔끔찔끔 충전해 버티거나, 퀭한 눈으로 표정 관리를 못해 돌려보내질 것이 분명하다. 하지만 이것이 우리의 마지막 만남이라면? 하필 불의의 사고로 내일 누구 하나가 죽어버려서 내가 소중한 친구와의 순간을 놓치고 있는 거라면? 만일 우리에게 다음이 없다면?

나는 꼬리에 꼬리를 무는 질문에 결국 사교성을 절

전모드로 전환한다. 절전모드의 나는 주로 듣고 웃기만 한다. 뭔지도 모르는 존재를 놓치고 후회하는 것보다야 낫다.

이렇게 욕심을 부릴 요량이라면 모든 것을 무디게 느끼고 싶다. 영화를 보고 우는 일은 한 번으로 족하다. 현실로 빠져나오지 못한 채 다음 날도, 그다음 날도 계속 애상에 젖어 있고 싶진 않다. 주고받은 대화를 재탕 삼탕 우려내기도 싫다. 예술 작품에 마음이 차오르는 경험도 어느 정도였으면 한다. 영화나 한 편 보자는 연인의 제안은 부담 없이 응하고 싶다. 또 완전하지 못한 모든 것에 너그러워지기를 바란다.

김치 없는 라면도 괜찮고 싶다. 하루 정도는 모닝커피를 빼먹어도 무탈했으면 한다. 지나간 일은 지나간 일로만 두고 싶다. 그런 마음으로 매년 조용히 생각한다. 올해는 조금 덜 피곤하고. 조금 덜 힘쓰자고.

이 몸이 일백 번 고쳐 죽어도 내가 나인 것에는 변함이 없다. 올해도 나의 삶에는 빈틈이 별로 없었다. 그리고 그사이 여행을 두 번이나 다녀왔다. 사실 마지막까지 여행을 망설였다. 이번이 아니면 귀국하는 친구와 다시 라스베이거스에 갈 일은 없을 것 같았다. 또 이틀뿐인 남편의 휴가를 쓰지 않으면 내년까지 기다려야 할 처지였다.

이민자의 삶이란 하루하루 어떻게 될지 모르는 일이다. 내년에도 올해처럼 시간을 낼 수 있을지는 미지수였다. 결국 나는 노트북을 들고 호텔방에서 일을 했다. 새벽까지 일을 마치고 렌트카 뒷자리에 실려 그랜드캐니언에 갔다. 기껏 들른 브루어리에서 남편과 금전 문제로 다퉜으면서도 다음 날엔 사이좋게 손잡고 랍스터를 먹었다. 당일치기로 터스컬루사에도 다녀왔다.

생일, 핼러윈, 추수감사절, 크리스마스…. 지금이 아니면 언제 시간을 보낼지 모르니 조촐하게나마 매 순간을 친구들과 축하했다. 나는 커피숍과 펍을 비롯해 집과 산책로에서 사랑하는 사람들을 만났다. 언제까지 수영장이 딸린 집에 살지 모를 일이니 촌스럽더라도 물장구를 쳤다. 주말에는 앨라배마에 계속 산다는 보장이 없다며 승마를 하러 갔다.

진로에 대해 교수님과 그다지 희망적이지 않은 대화를 나눈 어느 날이었다. 하루를 꼬박 울어도 집 밖으로 나오고 싶지 않았다. 예약금을 날릴 수 없다는 남편 성화에 나왔는데 꼬질꼬질한 몰골로 말을 타는 동안 기분이 조금 나아졌다. 일도 많이 했다. 봄에는 저녁마다 이민자들에게 영어를 가르쳤고, 가을에는 대학 튜터링센터에서 유학생들을 가르쳤다. 30분 단위의 튜터링은 예약제로 흘러가서 생각보다 바빴다. 휴식은커녕 점심도 거르고 일을 했다. 학생들을 대상으로 학교 실습을 나갔으며 누군가의 부탁으로 번역과 검수를 맡았다. 이 모든 것을 학교에 다니면서 해냈다. 이렇게 욕심껏 살아보는 동안 괜찮은 책도 몇 권 읽었다. 시작은 망설였지만 막상 보고 나면 좋았다. 겨울엔 장작을 땠다. 벽난로가 있는 아파트에 언제까지 살 수 있을지 모를 일이었다.

대충 살자는 것이 꼭 신년 다짐만은 아니었다. 일에 지쳐 잠이 들면 늘 일어나 생각했다. '이번 달만 끝나면, 이번 학기만 끝나면….' 앞으로 조금만 힘을 빼며 살겠다고 다짐했다. 그러나 휴가지에서 사 온 오너먼트를 크리스마스트리에 달거나, 실습 마지막 날 아이들이 건넨 롤링 페이퍼를 읽으면 생각이 달라졌다. 지나온 모든 날이 반짝거려 마음이 포근해지는 것이다. 그럼 나는 대충 살겠다는 마음을 철회한다. 작심삼일에도 한참 못 미치는 신년 다짐이다. 그래도 역시 즐길 때 즐기고, 일할 때 일하는 것이 좋다. 그렇게 순간을 즐기며 하루를 살고 싶다.

서로를 生하는 관계

회기역 앞에 잘하는 사주집이 있다고 했다. 진로와 연애가 쌍으로 꼬이던 해 친구의 소개로 그곳에 함께 찾아갔다. 미신을 굳게 믿는 할머니를 둔 덕에 나는 사주를 보는 것 자체가 그리 낯설게 느껴지지 않았다. 그러나 제 발로 찾아간 것은 처음이었다.

친구와 팔짱을 끼고 긴장한 채 문을 들어섰다. 허름한 내부에서 웬 아저씨가 맞아주었다. 생각만큼 무서운 분위기는 아니어서 마음을 놓고 앉아 생년월일을 말했다. 아저씨의 점괘대로라면 나의 진로는 걱정거리가 없었다. 나는 커다란 나무처럼 쭉쭉 뻗어서 멀리서도 눈에 잘 띌 팔자랬다. 너무 잘 띈 나머지 시기와 질투를 받을 수는 있겠지만 그것만 조심하면 만사 오케이랬다. 문제는 연애운이었다.

"매력이 넘쳐서 주변에 남자가 많아. 근데 문제가 있어. 본인이 남자를 별로 안 좋아해. 왜 이렇게 남자를 싫어해?"

속사정을 아는 친구가 폭소를 터뜨렸다.

"봐, 어쩌다가 남자를 만나. 근데 또 본인 줏대가 엄청 세! 남자한테 나긋나긋하게 맞춰주는 스타일이 아니야. 남자들이 보통은 여자를 좀 리드하고 싶어 하거든? 근데 그게 안 되니까 안 맞는 거야, 서로. 그 남자도 당신이 별로고, 본인도 그런 남잔 재미없고."

친구는 웃음을 멈추지 못했다. 말을 듣고 나니 남자에

대한 관심이 더더욱 바닥을 쳤다. 분위기상 다시 물었다.

"그럼 어떻게 해야 할까요?"

"봐봐, 본인이 커다란 나무라고 했어요. 거목이야 거목. 근데 본인 사주에 뭐가 없냐면 흙, '토'라는 글자가 없어. 나무가 위로 자라야 하는데 흙이 없으면 어떻게 돼요? 뿌리를 못 내리지. 아까 주변에서 질투나 시기가 있다고 했잖아. 사람들이 와서 흔드는데 나무에 뿌리가 없다? 그러면 쓰러지는 거야. 사주에 흙이 있는 남자를 만나야 돼. 그리고 본인한테는 연상, 그것도 본인을 다 받아주는 그런 사람을 만나야 돼. 자존심 센 남자는 서로 힘들어. 그거는 한 사람한테 있을 때나 좋은 거고. 둘 다 그러면 이건 뭐 될 수가 없어!"

나는 사주를 보기 전에도 후에도 흙처럼 단단한 사람보다는 구름처럼 청량한 사람들을 좋아했다. 애인을 사귀어도 뜬구름 잡는 이야기를 많이 했다. 대체로 몽상가 체질이던 그들은 안에 멋진 심상을 품고 있었다. 우리는 책과 사람처럼 손에 잡히는 것들에 대해, 그리고 우주와 전생처럼 손에 잡히지 않는 것들에 대해 이야기했다. 그들은 타고난 이야기꾼이었고, 감정을 구체화할 줄 알았으며, 노래나 시 같은 것을 만들었다.

뜬구름은 잡히지 않아서 뜬구름일까. 그들은 내 인생에서 빠르게 사라졌다. 반복되는 연애 문제에 지쳐가고 있을 때였다. 친구가 나한테 참신한 조언을 했다.

"예술맨은 이제 그만 만나야 돼. 예술맨 말고 성실맨을 만나야 된다구."

상대를 골라가며 사랑에 빠질 수는 없는 법이다. 나는 저 조언을 크게 마음에 두지 않았다. 친구의 말은 내가 사랑과 이별을 반복할 때만 쓰였으니까.

비슷한 과정을 몇 번 반복하다가 나는 친구의 조언을 받아들였다. 나의 연애 패턴에 변화를 주기로 한 것이다. 나는 이미 남편을 잘 알고 있었다. 잘 안다고 오만하게 말할 수 있는 이유는 그와 내가 오랜 친구 사이였기 때문이다. 그는 지하철로 20분 거리에 살았고, 대학생 신분으로 종종 학교에 왔다. 나는 학교 바로 앞에 살고 있었다. 우리는 밥친구이자 술친구였고, 함께 취업을 준비하거나 만화방을 가는 사이였다. 단둘만 어울렸던 건 아니다. 다른 친구들도 있었다. 그런데 과연, 얘랑 단둘이 만나도 재미있을까?

둘이 만난 적이 없지는 않다. 굉장히 우울해하던 어느 날 밤, 학교는 축제가 한창이었다. 술 취한 새내기들 사이를 헤집고 집에 가다가 이대로 갈 수 없다는 생각이 들었다. 혼자 집에 가면 접시물에 코를 박고 죽어버릴지도 몰랐다. 졸업 직전이었으므로 일찍 취업한 친구들은 전부 학교를 떠나 이사를 간 상태였다. 달리 친한 후배가 있는 것도 아니어서 나는 남편에게 전화를 걸었다. 뜻밖에도 그는 학교였다. 하지만 동아리 후배들과 뒤풀이가 있었다는 설명을 듣자 더 이상 모든 상황이 뜻밖이 아닌 것이 되어버렸다. 그의 별명은 고춧가루. 낄 데 안 낄 데 다 끼는 남자다. 어떻게 하면 대학 4학년이 아직도 동아리 후배들이 있을 수 있는지 의문이었다.

"왜 거기서 꼰대질하고 있어?"

"아니야, 나 애네랑 진짜 친해!"

"다들 편하게 놀라고 나와. 나 우울해서 집에 못 가."

남편은 우울할 땐 단 게 최고라며 누텔라셰이크를 사준다고 했다. 계산하는 사람이 이야기하니 싫어도 그냥 받아들였다. 그런데 막상 둘이 만나니 할 말이 없었다. 결국에는 다른 친구들 무리와 합류해 칵테일을 마시러 갔던 것 같다. 이런 애와 단둘이 만나도 정말 재밌을까?

재미는 잘 모르겠고 신기하긴 했다. 나는 보이지 않는 막연한 것들에 이렇게까지 관심이 없는 사람을 처음 보았다. 도대체 무슨 생각을 하며 사는 건지 궁금했다. 그래서 물었다.

"너는 꿈이 뭐야?"

"이번에 CJ랑 SPC에 공채 쓸 거야. 이번 주까지라 바빠."

"아니, 어떤 사람으로 살고 싶냐고."

남편은 난생처음 듣는 질문이라는 듯 곤란한 표정을 지었다.

"안정적인 사람? 행복하게 사는 사람?"

그러더니 막 생각난 답안을 몇 개 말하고 이내 지친 표정으로 짜증을 냈다. 그런 건 생각해본 적도 없다며 말이다. 명상도 안 하고, 일기도 안 쓰며, 그저 꿈이 취직이라는 사람. 나는 이내 지루해졌다.

그는 연애도 성실하게 했다. 시간이 되면 데리러 왔고, 꼬박꼬박 일상을 보고했으며, 주말이 되면 데이트를 했다. 드라마라곤 없는 관계는 금방 시들해졌다. 참다 못해 이별 통보를 몇 번 했는데, 그때마다 그는 성실하게 자리를 지켰다. 가라면 가고 오라면 왔다. 너무 이상한 사람이었다. 그는 달콤한 편지를 써주거나 근사한 말을 해주지도 않았다. 이것이 사랑인지 관성인지 고민되어 "날 사랑하긴 해?"라고 물으면 어리둥절해할 뿐이었다. 아마 그 같은 고민도 나 혼자 했을 것이다. 그는 관성적인 관계가 있다는 사실에 대해 생각해본 적도 없을 테니.

나를 사랑하냐고 채근해도 그렇다는 말 이외에 다른 말은 없었다. 흡족할 만한 대답을 들을 수 없었던 나는 바로 다음 단계의 질문을 준비했다. 과거 연애사에서 해본 적 없는 유치한 질문이었다. 그런데 이번엔 궁금했다.

"얼마큼? 나를 얼마나 사랑하는데?"

그는 또다시 문학 지문을 마주한 수험생의 표정을 지

었다. '질문을… 소화하지 못하는구나?' 꼭 듣도 보도 못한 것을 생전 처음 접한 사람 같았다. 아니, 그의 구 연인들은 이런 질문을 한 번도 던지지 않았단 말인가.

"얼마나… 사랑하냐고?"

남편의 목소리에 당혹감이 묻어날수록 나는 더욱 대답이 흥미로워졌다. 말도 안 되는 이야기로 1시간을 끙끙대다 결국 괴로운 얼굴로 타임을 외쳤다. 시간을 달란다. 이게 어려운 질문인가 싶지만, 그는 문학적인 사람이 아니다. 그래서 나는 답변 보류하기를 특별히 허락했다. 반려당한 답변은 다음과 같다.

"피자보다 더 사랑해. 아…, 이거 아니야? 하지만 내가 피자보다 좋아하는 건 이 세상에 몇 없는걸…."

며칠 후 그가 내놓은 답은 또 달랐다.

"군대 가서 첫 휴가 나왔을 때보다 네가 더 좋은 것 같아."

피자에 비유했던 답변보다 별로 나을 것이 없었다. 나는 오래전 있었던 동생과의 통화를 떠올렸다. 걔가 훈련소에서 걸어온 처음이자 마지막 전화였다. 남매가 둘 다

붙임성이 없어서 그런지 나는 동생과 자주 연락하지 않았다. 가족으로 아끼는 것과 친구처럼 가까운 것은 별개의 문제니까. 용건 없이는 동생과 통화할 일 자체가 없는 것이다.

나는 동생과의 통화가 어색했다. 달리 할 말이 없었기 때문이다. 그래도 가족이라고 안부를 물었는데 돌아오는 대답이 시원치 않았다. 역시 예의상 하는 전화였나 싶어 끊을 준비를 했다.

"그래 그럼, 몸조심하고. 나 지금 알바 중이라서."

"누나는 밥 뭐 먹었는데?"

'뭐지?'

"제육볶음 먹었는데."

"아, 맛있겠다."

'어쩌라는 거지?'

"너 안 가봐도 돼? 무슨 군인이 이렇게 통화를 오래 해?"

"아직 괜찮아."

"나는 안 괜찮아. 곧 손님들 몰려올 거야."

"나도 아이스아메리카노 마시고 싶다."

몇 주 만에 듣는 가족 목소리에 어지간히 끊기 싫었던 모양이다. 이런 식으로 질질 끌다가 결국 단체 손님이 오는 바람에 전화를 끊었던 것 같다. 동생이 복무하는 기간 내내 나는 어떻게 가는지 몰라 면회도 한 번 가지 못했다. 우연히 타이밍이 맞아서 휴가 나온 동생을 부모님 댁에서 마주치기는 했다. 해군으로 있던 동생의 자대는 본가에서 10분 거리에 위치해 있어서, 군복만 입으면 홀랑 들어가버릴 수 있었다. 그러나 군복을 갈아입는 순간부터 동생은 얼굴을 펴지 못했다.

첫 휴가라는 것은 해방감과 그리움, 막막함과 한 번씩 들이닥치는 무서운 현실감인지도 몰랐다. 입던 옷과 자던 침대, 햄버거나 피자처럼 확실하고 분명한 물성을 지닌 것들을 아우르는 말이었을 수도 있다. 그리고 그는 이 모든 감정을 생활 밀착형 언어로 표현해낸 셈이었다.

잠시 회상에 잠겨 있는데 남편이 덧붙였다.

"나 꿈에 대해서도 생각해봤어. 너를 서포트하고 싶

어. 나는 하고 싶은 게 많거나 몸이 모자라 야망에 우는 사람이 아니야. 나는 이상을 위해 가족과의 시간을 포기하기는 싫어. 그건 나쁘지도 않을뿐더러 굉장히 어려운 일이야. 네가 나와 다르다는 걸 알아. 그래서 난 너를 응원하며 살고 싶어."

뜬구름이 걷히는 순간이다. 나무는 막상 땅에 발을 딛고 보니 자신이 꽤나 현실적이라는 것을 깨닫는다. 오늘에야 배운다. 하늘을 우러르고 사는 존재가 비단 자신만은 아님을. 흙도 하고 싶은 게 많고 이루고 싶은 게 많다. 다만 흙은 그 근간이 사람에게 있다. 그래서 나무와 흙은 공생하기로 했다. 그것도 평생, 어제와 같이.

사랑은 롤러코스터처럼

대략 10년 전의 일이다. 영문학 시간에 《오만과 편견》을 읽었다. 아니, 사실 나는 안 읽었다. 그렇게 어릴 때 읽은 청소년용 번역본과 키이라 나이틀리만 믿다가 C+를 받았다. 그래도 띄엄띄엄 들은 강의 중에 기억하는 원서 부분이 아주 없지는 않다. 한 사람의 오만과 또 다른 편견이 빚는 메시지는 오히려 긍정적이었다. 우리는 타인을 알기 위해 종종 갈등을 견뎌야 한다는 것, 포기보다는 이해로 향하는 갈등이 나을 수 있다는 것. 물론 이것이 얼마나 신빙성 있는 해석인지는 모르겠다. 정확히 말하자면 나는 문학도가 아닌 언어학도였다는 핑계를 대겠다. 하지만 인생이 피곤해질 때면 요즘도 종종 그때의 수업을 떠올린다.

포기가 편하다는 것은 만고의 진리. 내가 과거 사람으로 힘들어야할 때마다 친구들은 포기를 종용했다.

"야, 사람은 안 바뀌어. 그 지점을 못 견디겠으면 같이 못 지내는 거야. 포기해야지 뭐."

'그래야지, 내 마음이 먼저지.' 그런데 자꾸만 미련이 남아 굳이 갈등 속으로 다이빙하는 것은 대체 왜일까. 장문의 카톡에 심장이 요동치는 것은 어떤 종류의 셀프 고문일까. 사람이 말을 하다 복받치면 울어버리고 얼굴이 달아오른다. 아마 불나방처럼 갈등에 동조하는 것은 그 수치스러움이 응어리보다 덜 겁나기 때문은 아닐까. 이 관계를 끝내는 한이 있더라도 일방적으로 포기하는 것은 반칙이다. 서로의 오만과 편견을 돌이켜볼 시간이 필요해서다. 물론 각자가 합의한 최선이 관계의 끝이라면 그렇게 하는 것이 서로에 대한 예의일 때도 있다.

그날 밤 거기 찾아간 것은 그런 마음에서였다. 결혼을 준비하다 갈등이 커졌을 때, 나에게는 3개의 선택지가 있었다.

첫째, 어른들께 적당히 맞춰드리고 더는 신경 쓰지 않기. 이것은 당시 다니던 신경정신과 전문의의 제안이었다. 본인의 인생에 엄청난 손실이 발생하지 않는다면 그냥 작은 것만 몇 개 맞춰드리고 스트레스에서 해방되는 게 어떻겠냐고. 원래 결혼이 그렇다고 했다. 사실 30대 여성이 생각하는 결혼이 60대 부부에게 얼마나 근본 없이 들리겠으며, 60대 부부가 생각하는 결혼이 또 30대 여성에게 얼마나 비합리적으로 들리겠는가. 의사는 좁혀지지 않는 사람과의 평행선에선 적당히 양보하는 부분도 필요하다고 했다. 동의한다. 나는 양보하기 싫은 게 아니었다. 그저 평행선에 대해 함께 이야기하고 싶었을 뿐이다.

'우리가 평행선을 달리고 있는데요. 저는 이렇게 하고 싶습니다. 여러분은 어떻게 하고 싶으십니까. 양보 가능한 선이 어디까지일까요?'

둘째, 결혼을 포기하고 마음 편해지기. 이것은 내 편에 선 친구들의 입장이었다. 그녀들은 '결혼', '시부모', '갈등' 같은 키워드에 지나치게 몰입했다. 드라마 한 편을 써서 뒤집어엎으면 그만이란다. 꽤 엄청난 유혹이었다. 그러나 나는 세 번째 선택지를 골랐다.

'맞짱을 뜨자! 파트너를 사이에 끼고 얘기하지 말자. 우리의 평행선에 대해 제대로 얘기하고 오자.'

남의 아빠랑 한판 하러 가기는 살다 살다 처음이었다. 그러나 주먹을 불끈 쥔 사람치고는 너무 어설펐다. 말을 조리 있게 할 만큼 똑똑이는 아니라서 나는 어른들을 만나자마자 울어버렸다. 아버님은 체면상 눈물만 핑 돈 상태였다. 그러나 내 부모랑도 30년째 맞짱을 뜨고 있는데 어떻게 한 번 만에 시부모와 이해의 경지에 다다를 수 있으랴. 그 뒤로도 나는 아니다 싶은 것이 있으면 굳이 이야기하는 길을 택했다. 모든 의견에 "예"라고 답하는 아들을 둔 시부모님은 나 때문에 적잖이 당황하셨을 것이다. 나로서는 어쩔 수 없었다. 영 납득이 가지 않는 것에는 반드시 의문을 제기할 수밖에.

언젠가 식사 자리에서 아버님이 머쓱하게 말씀하셨다.

"우리 며느리가 참… 카리스마가 있어."

언젠가 장문의 카톡을 남긴 날에는 읽씹을 당하기도 했다.

"영원히 생각을 바꾸지 않으셔도 상관없습니다. 하지만 저는 그렇게 생각하지 않고 그렇게 행동하고 싶지도 않아요. 이렇게 말씀드렸는데도 계속 같은 얘기를 하시니 서운합니다, 아버님."

핵심을 온건하게 돌려 전한 멘트였다. 달리 말하면 용감하게 갈등을 택했을 뿐이다. 나는 상대의 무반응에 밤잠을 설치다 결국 남편을 들들 볶았다. 그러자 시댁과 이야기를 마친 남편이 이런 얘기를 했다.

"아빠가… 너무 충격받아서 답을 못했대…. 그게 그렇게 받아들여질지 몰랐다고. 생각을 많이 하고 계시대….

그러니까 너무 미워하지 말아달래….”

한 이틀째 밥도 못 먹은 나는 세상 쿨한 척 말했다.

“안 미워하는데? 미워하면 그런 말도 안 했지. 안 미워한다고 전해드려.”

그러나 그것은 진심이었다. 나는 누구도 미워하지 않았다. 미워하지 않기 때문에 서로 이해할 기회를 만들고 싶었다. 전송 버튼을 누르는 것은 나에게도 용기가 필요한 일이었다. 가족이 아니면 어디에 용기를 낸단 말인가. 말을 하지 않았다면 나의 편견은 그가 사과도 할 줄 모르는 어른이라고 생각했을 테고, 그의 오만은 며느리에게 불편한 얘기를 해도 된다고 생각했을 것이다. 한마디로 우리의 오만과 편견은 계속 평행선을 달릴 운명이었다. 사실 누구보다 나를 잘 아는 엄마가 상견례 자리에서 미리 언질을 주었었다.

“가끔 내 말에 아니라고 하면 당돌하게 보일 때도 있어요. 그건 다 우리 애가 이해와 사랑을 포기하지 않아서예요. 뒤돌아보면 얘 말이 맞았다는 걸 깨달을 때도 있거든요."

당시 나는 건강한 믿음과 갈등이 오랜 단절과 모조 평화보다는 낫다는 지론을 가지고 있었다. 만일 4년 전, 전문의 선생님의 조언을 그대로 따랐다면 어땠을까. 당장은 갈등을 모면해 스트레스를 줄일 수 있었을지도 모른다. 그맘때는 낭비되는 감정으로 힘들어했던 시기라 그것이 나를 지키는 최선이었다는 사실을 알고 있다. 하지만 그랬더라면 나는 이해하지도, 이해받지도 못한 채 마음의 문을 닫았을 것이다.

가끔 갈등은 버겁다. 감정이 들고, 시간이 들고, 노력이 든다. 사는 게 바쁘면 무슨 소용인가 싶고 고개를 돌려 모른 척하고 싶어진다. 나의 마음을 짚어보고, 상대에게 전달하고, 마음에 귀를 기울여, 또다시 생각하는 일련의 과정. 풀리지 않는 대화에 간 떨어지는 일 없이 그저 평화로운 하루하루를 지속하고 싶다. 그러나 나는 그럴 수 없다. 천성이 그런 사람인가보다. 그래도 포기하고 싶지는 않다. 그저 난리법석을 떨며 사랑하고 싶다. 원래 사랑은 어려운 법이다.

안녕, 낯선 사람

아는 언니가 매일 아침 6시에 나가 뛴다고 했을 때 든 생각은 하나였다.

'저런 사람만이 3교대 근무를 해내는 걸까?'

그때만 해도 나와 남편이 그런 초인적인 일에 동참할 거라고는 꿈에도 생각지 못했다. 요가를 하는 일상도 나에겐 건강 과다의 삶처럼 느껴지던 참이었다. 언니가 남편의 운동 부족을 걱정하며 아침 조깅에 그를 데리고 가겠다고 했을 때도 회의적이었다.

“수면 시간이 부족하지 않을까요? 퇴근하고 오면 8시에 씻고 나면 10시인데….”

“그럼 10시에 곧바로 자.”

그렇게 남편은 뛰게 되었다. 그가 하니까 덩달아 나도 끼었다. 새벽 5시 50분쯤 일어나 눈곱만 뗀 채 출발하면, 차로 15분 거리에 언니가 뛰는 트레일이 있다. 그곳 주차장에서 만나면 슬슬 해가 뜨기 시작한다. 두 사람은 열심히 뛰고, 나는 슬렁슬렁 걷는다.

내가 걸을 수밖에 없는 것은 고질적인 무릎 통증 때문이다. 주로 요가나 필라테스처럼 관절에 무리가 가지 않는 운동을 해온 것도 그런 이유에서였다. 다른 운동에 비해 달리기는 내게 부상 위험이 상당히 높은 종목에 속한다.

아니나 다를까. 처음 모인 날 1시간 정도를 빠르게 걸었더니 무릎 통증이 도져 다리를 절뚝였다.

"이 운동이 너한테 맞는지 다시 생각해봐. 그냥 집에서 요가나 계속하는 건 어때?"

일리 있는 말에 오기를 부릴 정도로 나는 열정적인 사람이 아니다. 남들은 전부 뛰고 있는데 혼자 걷자니 뒤처진 느낌이 들었다. 또 조깅을 하면서부터는 매일 하던 요가를 멈춘 상태였다. 그럼에도 계속 참여하겠다고 생각한 것은 순전히 아침 인사 때문이었다. 생판 모르는 사람들이 뛰어다니는 와중에 건네는 고마운 마음 하나 때문에.

"굿모닝!"

온라인 수업을 듣든 재택근무를 하든 나에겐 항상 시간표가 있었다. 규칙적인 일상을 유지하는 데 압박이 필요하지 않다는 것이 나의 큰 장점이라면 장점이었다. 덕분에 코로나 시대에 무기력하게 풀어지는 일은 드물었지만, 일찌감치 그만둔 직장생활이 눈물 나게 그리워졌다. 특히 아침마다 주고받는 인사가 그러했다.

"안녕하세요, 좋은 아침이에요!"

우리는 매일 똑같은 인사가 건네는 확신이 일상에 얼마나 단단한 활력을 주는지 모른다. 매일 굴러가는 반복된 아침이 얼마나 소중한지도. 가방을 내려놓으며 나누는 "좋은 아침!"이라는 인사는 일종의 사인인 것이다. 오늘도 열심히 쳇바퀴를 굴려야 하니 정신을 바짝 차리라는 신호탄.

이 일련의 시작을 조깅 클럽 회원들이 한다. 각기 다른 삶을 살아가는 개인들이 일정한 시간에 모여 달리는 광경은 묘한 희열감을 준다. 누구는 벗고 뛰고 누구는 입고 뛴다. 누구는 동행이 있고 누구는 혼자 뛴다. 출발하든 돌아오든 모두가 길 위에서 인사를 건넨다.

해는 막 떴고 바람은 서늘하다. 풀숲이 우거진 트레일에서 숨찬 목소리로 듣는 인사만큼이나 신선한 게 또 있을까? 타인의 아침을 두 눈으로 확인할 때야 비로소 느껴지는 현실감이 있다. '내가 굴리는 쳇바퀴가 허상은 아니구나. 내가 해내는 모든 것이 꿈속의 몸부림은 아니구나. 모두가 각자의 쳇바퀴를 열심히 굴리고 있구나.' 그런 현실감은 사소한 소속감으로까지 이어진다. 그 속에 동참하고 있는 것만으로도 커뮤니티의 일원이 된 기분이다.

이방인에겐 어떤 종류의 소속감도 소중하다. 그래서 그제도 걷고 어제도 걷는다. 늦잠을 잔 오늘도 한 치의 의심 없이 내일은 걷겠다고 다짐한다. 서로에 대해 잘은 몰라도 매일같이 윙크를 날려주는 할머니와 인사하기 위해. 그렇게 낯선 것투성이인 세상에 조금씩 뿌리를 내리고 있다. 너무 멀지도 않게 그렇다고 너무 가깝지도 않게.

★●✶

간격이 소중한 사이

언니, 나는 일전에 팟캐스트를 듣다가 편지 형식으로도 서평을 쓸 수 있다는 사실을 처음 알게 되었어. 세상엔 내가 모르는 것들이 아직 너무 많은가 봐. 읽고 쓰는 것을 좋아하는데 아직 그 방법을 몰라. 그래서 여태까지는 마음 내키는 대로 하고 있어. 나는 그동안 읽은 것들을 마음속으로만 간직해왔어. 서평을 쓰고는 싶었는데 어떻게 써야 하는지를 몰라서. 나는 남이 만든 것에 대해 이러쿵저러쿵 말을 얹는 게 무서워. 그런데 한번 용기를 내보고 싶어졌어. 여러 사람 말고 한 사람에게만 말하는 글쓰기는 조금 덜 무서울 것 같거든.

그러니까 이건 《적당히 가까운 사이》라는 책을 읽고 쓰는 글이야. 내가 그날 카페에서 이 책을 꺼내니까 언니가 막 웃었지. 이걸 보고 웃은 사람이 언니가 처음은 아니야. '거리 두기'는 20대에 우리가 내내 치중하던 문제였으니까. 그래도 전보다는 조금 너그러워진 것 같아. 어쨌든 환경의 변화가 가장 크다고 생각해. 미국에 오기 전의 나는 사람들에게 경계를 치느라 항상 긴장 상태였거든. 그 '철벽'이라고 하지. 말도 몇 번 안 섞어본 사람이 들이댈까 봐 김칫국부터 마시는 거야. 저 사람이 선을 넘으면 어떡하지? 나는 침범당하는 게 너무 싫은데. 아, 분명히 선을 넘을 거야. 왜냐하면 그럴 것 같으니까. 그러면 나는 벌써 침범당한 기분이야. 아직 상대방은 아무것도 하지 않았는데 말이야. 스스로를 괴롭히는 방법도 정말 가지가지인 것 같아.

이 책을 읽다가 그러려니의 마인드를 가져야 한다는 말에 깊이 공감했어. 내가 남에게 너그러워진 것은 언제부터인가 그런 마음가짐을 장착했기 때문인 것 같아.

그런데 남에게 너그러워지자 놀라운 일이 생겼어. 나 자신에게도 너그러워진 거야. 관계에 있어서 나의 불편함은 항상 쌍방향적이었어. 타인을 못 견뎌서 괴롭고 그런 타인을 못 견디는 내가 또 괴로운 거야. 그런데 한번은 "저 사람은 그런가 보지" 하고 나니 나에게도 "내 마음은 그런가 보지" 하게 되었어. 나는 왜 이 모임에 가기 싫을까? 몸이 피곤하거나, 싫은 사람이 있거나, 할 일이 많거나, 여러 이유가 있겠지. 한마디로 사정을 하나하나 헤아리는 대신 그러려니 하고 생각하게 된 거야. 그래서 지금은 훨씬 자유로워. 마음의 짐을 덜고 나니까 때깔이 좋아졌어. 요새 나는 남편에게 날 선 예민함을 투척하지 않아. 말 한마디에 행간을 읽느라 힘을 빼지 않아도 돼서 편해.

언젠가 나를 위해 우는 언니를 보고 이런 생각을 했어. 우리는 생각보다 가깝고 생각보다 괜찮다고. 언니랑 가까운 게 좋아. 가까워서 좋은 사람은 내 인생에 흔치 않아. 언니의 거리 두기 역시 잘 알고 있지. 물론 가까워졌다가 다시 멀어질지도 몰라. 그렇더라도 우리 연연하지 말고 흘러가는 대로 살자. 나는 언니랑 영영 헤어지지는 않을 거라는 확신이 있거든. 그리고 언니도 그랬으면 좋겠어.

"세상과 나 사이엔 우리만이 아는
촘촘하고 따뜻한 삶의 거리가 있다."

서로에 관한 것은 우연히만 알았으면 좋겠어

2022년 3월 30일 초판 1쇄

지은이 김지수
펴낸이 최세현 **경영고문** 박시형

책임편집 윤정원 **디자인** 박선향
마케팅 이주형, 양근모, 권금숙, 양봉호, 신하은, 정문희
디지털콘텐츠 김명래 **해외기획** 우정민, 배혜림
경영지원 홍성택, 이진영, 임지윤, 김현우
펴낸곳 비에이블 **출판신고** 2006년 9월 25일 제406-2006-000210호
주소 서울시 마포구 월드컵북로 396 누리꿈스퀘어 비즈니스타워 18층
전화 02-6712-9800 **팩스** 02-6712-9810 **이메일** info@smpk.kr

ISBN 979-11-6534-470-2 (03810)